成功者からの贈り物

TREASURE

トレジャー

犬飼ターボ
TURBO INUKAI

飛鳥新社

トレジャー目次

1　成功者との出会い

ザクが背中を向けている。まだこちらは気づかれていない。

ビームライフルを構えザクに照準を合わせ、コウジはトリガーボタンを押した。

ガンダムのビームライフルはザクを直撃し、派手に爆発を起こした。

「よし！　これで2機目。なかなか良い調子だな」

あと1機。レーダーで残りのザクの位置を確認する。

いた。正面ビルの陰に隠れている。

仲間のガンキャノンと連携して挟み撃ちにできる。ガンキャノンが反対側に回り込んだのを確認してから、コウジもビームライフルを構えたまま角を曲がった。

いるはずのザクはそこにいなかった。

「しまった、上か!?」

ザクのパイロットは一枚上手だった。目の前でガンダムとガンキャノンに挟まれるはずのザクはブースターを使ってジャンプし、挟撃されるのを回避したのだ。

ザクはビルの上に着地し、有利な位置からマシンガンを撃ってきた。

閃光と同時にコウジのコックピットに轟音が響く。

「まずい！」

何発もの弾丸を浴びて、ガンダムは大破した。

「あーあ、もう。あとちょっとだったのに」

もう1ゲームやろうとコインを投入しかけたときだ。ポケットの中で携帯電話が震えていた。

まずい。会社からだったらどうしよう。しかし、名前ではなく番号が表示されている。一体誰だろう。仕事関係かもしれないので通話ボタンを押した。

「おう、コウジ、久しぶり。野島だよ」

「野島さん、お久しぶりです！」

懐かしさにコウジの声が弾んだ。

「電話いいか？　仕事中だよな」

「大丈夫です。今ゲームセンターでサボっています」

電話の向こうから元気な笑い声が聞こえた。

「なんだサボりか？　お前らしくないなあ、スランプか？」

野島に言われて初めてこれがスランプというものかもしれないと思った。

「まあ、そんなところです。でも気に掛けてくれて嬉しいですね。野島さんはその後どうなんですか？」

「来月、俺の店がオープンするんだよ」

「ええっ!?　来月ってもうすぐじゃないですか」

「内装も8割がた完成したよ。町田なんだけどさ、これから見に来ないか？」

「町田か……どうしようかな。行きたいんですけど」

ここから小田急線の電車に乗って10分だ。あまり長くサボっていると会社にばれてしまう。でも、野島の店を見てみたい。

野島はコウジの2歳年上。37か38になっているはずだ。コウジが5年前に大門フーズに入社してから、仕事を教えてくれたり、相談に乗ってくれたりと面倒見のいい先輩だった。優秀で部長クラスに出世できる実力があった。しかし、運営にあまり深く関わろうとせず昇進する機会を自ら避けていた。2年前に突然大門フーズを退職した。実はもともと独立するつもりだったことをコウジはそのときに知った。辞めてからはバーの店長をしていると聞いていた。時々電話で連絡を取り合っていたが、ここ1年近くはコウジが忙しく連絡を取っていなかった。

「どうせあと1時間くらい余計にサボっても変わりはないだろう」

迷っているコウジの背中を野島が押した。

店の場所を聞いたコウジは、上着をはおってゲームセンターを出た。気の合う人物との再会にコウジの足取りは軽かった。

町田駅の南口の改札を出たところで野島は待っていた。

180センチを超えるたくましい体つき。高校時代にはラグビーをしていたという。薄い織り柄が入った白いワイシャツにジーンズ、その上に紺のジャケットを着ている。ネクタイは締めておらずシャツを第2ボタンまで開けていた。海外旅行にでも行ったのかきれいに日焼けしていて、白いシャツと焼けた肌の組み合わせが自由な職業を感じさせた。

コウジはなんだかスーツにネクタイという自分の姿がやけに堅苦しく感じられた。

「野島さん、元気そうですね。すっかり自由人じゃないですか」

「そうか？　いつもこんな感じだよ」

野島に促され、２人は肩を並べて歩き始めた。

「開店準備は大変ですよね」

「ああ、昨日はほとんど寝てないんだ。毎日大忙しだよ」

「体を壊さないようにしてくださいね」

「大丈夫だよ。自分のやりたいことだから全然苦にならないよ」

コウジは素直に羨《うらや》ましいと思った。

街は午後3時だというのにやたらと学生が多かった。数学がどうとかいう会話が耳に入る。試験でもあったらしい。

「野島さん、どうして町田に店を出すことにしたんですか？」

「家から近いからさ。歩いて5分くらいのところなんだ。職場が近いに越したことはないだろう」

現在店長をしている店は淵野辺《ふちのべ》にあるとのことだった。町田から2つ目の駅だ。

物件のオーナーは店の経営に関知せず、野島の好きなようにやらせてくれているらしい。しばらくは2つの店を掛け持ちで運営することになる。

「あちこちにダイジロウの看板を見かけるようになったな。会社はどんな様子？」

「規模は大きくなっていますが、会社は相変わらずですね。人はかなり入れ替わりましたけど、野島さんが辞めた頃と雰囲気は何も変わっていませんよ」

「まあ、そうだろうな。あの社長がいる限り変わらないよな」

野島は在籍中から同じことを言っていた。コウジはそんな野島の正直なところが好きだった。

「本当に大変ですよ。半年くらい前に山本部長が辞めたんですけど知っていますか？」

「ええっ!?　あの人も辞めちゃったのか。山本さんが辞めたら誰が営業部長やってるの？」

「なんと、僕ですよ」

「コウジがやってるの？　本当かよ!?　すごいな」

「いえいえ、他に人材がいないんですよ」

「上からどんどん抜けていったにしても、エラい抜擢《ばってき》じゃないか。頑張れよって言いたいところだけど、早速サボっているんだから、お世辞にもいい営業部長とは言えないな」

大門フーズの実状を知りつくしている野島は責めていなかった。むしろ映画について話しているような軽い口調だった。コウジも久しぶりに気兼ねなく本音で話ができて嬉しかった。

運命の出会い

2人は大型ゲームセンターやカラオケ店、家電量販店などが並ぶ人通りの多い表通りから裏通りに入った。このあたりには居酒屋やバーが多い。コウジの記憶の中の町田とは随分違っていた。

「このビルの3階だよ」

そこはまだ新しい6階建ての小ざっぱりした雑居ビルで、1階にドラッグストアが入り、2階から6階には飲食店が入っているようだった。ドラッグストアの左側に広めの通路が奥に延びている。通路の奥正面にエレベーターがある。

野島についてコウジも入っていった。

通路の左手の壁にはテナントの看板が横並びに埋め込まれていた。レストランや居酒屋の名前が並んでいたが、どれも有名な店ではない。

「ここに俺の店の看板が入るんだ」

野島が〝ショットバー　近日オープン〟と書かれた場所を嬉しそうに指で弾いた。

定員12人の小さなエレベーターに乗り込む。新しい機械のにおいがした。

3階で扉が開くと、杉の木のいい香りがした。壁は傷つかないように青いビニールシートで覆われ、床もベニアで保護されている。中からドリルや釘を打ち込む音が聞こえてくる。

「いいよ入って」

野島の後について入ると、数人の内装業者が作業をしていた。部屋は奥行きがある。ショットバーには手頃な大きさだ。

「カウンターが長いなあ。すごいじゃないですか」

「そうだろ。10メートルもあるんだぜ。カクテルを中心に出そうと思ってさ。内装は〝木のぬくもり〟っていうのがコンセプト。天井も杉の板張りなんだ」

「確かに木のぬくもりですね。この香りは癒されるなあ」

キッチンの設備から料理は軽食が中心になるのだろう。野島の雰囲気に合った店の作りだ。野島は昔からお客様と会話をしながら気が向いたら自分で料理をして食べさせ、美味しい酒を飲ませることに憧れていると言っていた。

この店には野島の想いが詰まっている。コウジは仕事柄、飲食店をいくつも見てきたが、ここはオーナーの感性と想いを肌で感じることができる素敵な店だった。

オープン前の店内を眺める野島は満足そうだ。

2人はカウンターの丸椅子に腰掛けた。足を置くパイプがまだ設置されていない。

コウジがあまりに羨ましそうにするので、野島が笑って言った。

「大門フーズを辞めてこの店で一緒に働いたらどうだ？」

野島は冗談で言ったのだろうが、コウジには魅力的な誘いだった。野島とこの店で一緒に働けたら楽しいに違いない。だが、家族のことを考えると今の仕事を簡単に辞めるわけにはいかない。ここで働いて高い給料を期待することはできない。今の会社の半分以下の収入になってしまうだろう。いつも社長に言われている通り、大門フーズだからこそ高い給料をもらえているのだ。

「働きたいですけどね……」

「まあ、首になったらいつでも来いよ」

野島がコウジの肩を冗談めかしてぽんぽんと叩いた。

「そうだ。まだ時間あるか？　お前に紹介したい人がいてさ。俺がお世話になっている人なんだ。まあ独立起業のメンターだな。この後打ち合わせがあって、すぐそこなんだけどな。一度会っておいたほうがいいと思うんだ」

「メンターって何ですか？」

「助言をくれたり指導してくれる人さ」

コウジはその人物に興味が湧いた。信頼する野島がそこまで勧めてくれる人なのだ、ぜひ会ってみたい。

腕時計を見ると電話で話してからすでに1時間がたっている。時間はかなり押しているが、名刺交換だけでもさせてもらいたい。

「いいんですか？　僕なんて行っちゃって邪魔じゃないですか」

「大丈夫だと思う。念のためにちょっと電話してみるよ」

どうやら許可が取れたようだ。

「いいってさ。弓池さんっていう人なんだけど、とにかくすごい人なんだよ」

緊張した気持ちで野島の後についていった。仕事柄、人に会うのも紹介されるのも慣れているが、メンターと呼ばれる人に会うのは初めてだ。どんな人か楽しみな半面、時間をとらせてしまって申し訳ない気もしていた。

（もしかしたら人生の転機になるかもしれない……）

ふとそんな予感がした。

待ち合わせ場所であるカフェは野島の店から歩いて2分もしないところにあった。カウンターでドリンクを注文すると番号札を渡された。後でテーブルまで持ってきてくれるらしい。

外のオープンテラスの席が空いていた。

大通りから1本奥に入った道で、歩道を行き交う人の向こうに車が時折通りすぎていく。

高原の庭園に置いてありそうなアイアンチェアとテーブルが開放的な空間を演出している。

店員が注文したコーヒーを運んできた。外でコーヒーを飲むのも気持ちのいいものだ。

「野島さんはその弓池さんという方とどうやって知り合ったんですか？」

「俺も紹介してもらったんだよ。会社を辞めるちょっと前に会ったんだけどな。知り合いにそろそろ会社を辞めようかと思っているって話したら、起業する人を支援している投資家がいるって聞いて紹介してもらったんだ。ビジネスを始めるのにいろいろと教えてもらったんだよ。当然出資もしてもらった」

「ベンチャーキャピタルみたいな感じですかね」

「そういうビジネスライクな感じではないんだよな。上手く口じゃ説明できないんだけど、ビジネスだけじゃなくて、生き方まで教えてくれる人といったらいいかな。励ましてくれたりもするし、問題に気づかせてくれたりもする」

コウジはさっぱりイメージできなかった。会ったことがないタイプの人だということは確かなようだ。

「何をしていた人なんですか？」

「もともと、自分でもビジネスを立ち上げて若くして成功した人みたいだよ。そう言えば俺も聞いたことないなあ。今でも会社をいくつか経営しているみたいだけど」

コウジは50歳か60歳くらいで白髪が混じった恰幅のいい男性を想像した。

成功の7段階

あまり聞かない車の排気音が聞こえてきた。普通の車よりも大きなスポーツカーの音だ。なんだろうかと目を向けてみると、店の前の信号でフェラーリが止まっている。自分たちを含めて多くの通行人が珍しそうに見ていた。

あんな車に乗るってどんな気持ちなのだろうかとコウジが想像していると、「弓池さんじゃないかな」と野島がつぶやいて、アイアンチェアから立ち上がり手を振った。

運転席の人物も気づいてサイドウィンドウが下がる。サングラスを掛けた男性が手を振りかえした。が、信号はすぐに青になり、走りだした。フォオオォォンという気持ちのいい排気音が響く。

(うわー、あの人が弓池さんか。フェラーリに乗っているなんて本当の成功者なんだ)

違う世界の人と会うのだ。仕事で悩んでサボっている自分が急に恥ずかしくなってきた。

「遅くなってごめん。駐車場が近くになくて」

数分後にカフェに姿を見せた弓池という人物は、フェラーリの派手さとは対照的にごく普通の人だった。サングラスは車に置いてきたらしい。豪快な人物ではなく、むしろ反対の繊細な人物だと感じた。コウジが想像していたよりもずっと若く、見たところ野島と同じくらいの年齢だった。背は175センチくらい。細身で、秀でた額が目についた。目や口元の笑いじわが人の良さそうな印象を与える。

服装に目をやると、アイボリーのジャケットの下は、光の加減で模様が浮き出る刺繍《ししゅう》入りのシャツだった。細身の濃いブルージーンズとジャケットとシャツとのバランスがいい。ファッションに気を遣う人なのかと思いきや、足下に目を移すと白いスニーカーは薄汚れており、実はあまり頓着しない人なのかもしれないとも思わせる。

野島が2人を紹介する。

「こちら話していた弓池さん。で、前の会社の後輩だった中田功志くんです」

「弓池です。よろしくお願いします。普段は名刺を持ち歩いてなくてすみません」

弓池は手を差し伸べた。コウジは少し緊張しながらその手を握った。温かく力強い握手だった。

「みんなからコウジって呼ばれているんで、遠慮なくコウジって呼んでください。そのほうが僕も嬉しいです」

「はい、じゃあコウジって呼ばせてもらいますね」

優しいのに力強く、人を包み込むようなエネルギーを感じた。

弓池はコウジが渡した名刺の裏表を見ている。

「へえ、営業部長さんなんですか。やりがいのありそうなお仕事ですね」

「まあ、やりがいはありますけど。今は義務で働いている感じです。野島さんから電話があったときに仕事をサボっていたところですから」

「それはどうして？」

コウジの返事を待ちながら弓池は注文したコーヒーに口をつけた。

「なんというか、今の会社の仕事が嫌で嫌で……。良くないとは思っているんですけど」

「確かに、営業部長の仕事は辛いよな。コウジだったらなおさらだろうな」

「ええ。性に合わないんでしょうね。むしろ半年間ダイニングバーの店長をしていたときのほうがずっと楽しかったです。今日、野島さんの店を見せてもらって自分も店を持てたらって正直思いました。こんな楽しそうな野島さんは会社では見たことなかったです。失礼ですけど。会社では元気なかったし」

コウジは話しているうちに自分の気持ちをはっきり認識した。早く会社を辞めたいと思っているのだ。野島のように自由に仕事をしてみたい。でもそれは今の仕事が上手くいっていないからそう思うのではないか、ともう1人の懐疑的な自分が現れた。

「そうだな。大門フーズにいた頃は俺も目立たないようにしていたかもな。でもこうして自分の店を出せるのは弓池さんのおかげなんだ。以前は成功できるっていう自信が半分あるかどうかだったのが、弓池さんに教えてもらって今はこれくらいまで高まってきたかな」

野島はテーブルから顔の高さまで手を上げた。

「野島くんは、もともと独立しても成功するタイプだからね。**会社で成功の基礎を身につけてきた人は独立しても成功するよ**」

コウジは〝成功するタイプ〟という言葉に反応した。

「弓池さんは人を見て成功するタイプかどうか分かるんですか？」

「まあ、だいたいは。でも独立してそのまま成功する人は多くないよ。自分で稼ぐメンタリティやリーダーシップは独立してから学んでいくものだから」

コウジは自分が成功するタイプかどうか聞いてみたいと思った。でも成功しないタイプだと言われるのも怖い。今までのサラリーマン経験から多少は仕事ができるほうだと思っているが、自営業の世界ではきっとルールや方式が全く違うのだろう。

「そうだね。コウジは独立して成功する人かっていうとね……」

「えっ!?　もう分かるんですか」

「ああ、私は会った瞬間にその人が成功するかどうか分かるんだ」

「そうなんですか！」

超能力でも使っているのだろうか。だとしたら、最初から全てを見透かされていたのかもしれない。居心地が悪くなった。

「うそうそ。そんな能力はないよ」

弓池と野島が笑っている。２人にうまいこと担がれた。

「なんだ。もうびっくりするじゃないですか」

4自分軸……自分のやりたいことを軸に実現している。我が道を行く人。

5バランス……自分と関係者とお金のバランスを取っている。みんなが従うリーダー。

6ビジョン……チームをビジョンに向けて動機付けを行える。社会貢献者や社会変革者。

7ミッション……使命に気づき偉大な存在とともにそれを遂行している。


正直なところ、あまりよく理解できなかった。

「よかったらこれまでの仕事について詳しく話してくれないかな。そうすればもっと具体的に教えてあげられると思うよ」

「本当ですか。ありがとうございます。ではあまり時間がないので手短にお話しさせていただきます」

「ちょっとその前に、デザートを頼んでいいかな」

弓池に便乗して野島もケーキを注文した。コウジはすぐに帰るつもりだったので頼まなかった。

コウジは弓池に大門フーズに入社するときのことから話し始めた。かつて同じ大門フーズにいた野島も横で聞いているので、少し気恥ずかしかった。

恐ろしい会社

大門フーズで一生勤め終えるつもりだった。

その前に5年間勤めていた外資系コンサルティング会社では、相手にするのは企業なので、コウジが直接お客様の反応を見ることはできなかった。コウジの中でお客様の喜ぶ顔が見たいという想いが膨らんできていた。

そんなとき、妻と子供を連れてたまたま入った日本料理レストランで、店員が子供の面倒をずっとみてくれていたため、子供ができて初めて夫婦が落ち着いて食事をできたという体験をした。コウジは感動して、ぜひこのレストランを運営している会社に入りたいと思った。それに、お客様の顔が見える仕事でもある。

「早く調べたほうがいい」という直感に動かされて、すぐにインターネットで調べてみると〝大門フーズ〟という社名がヒットした。そこには、居酒屋やレストランといった飲食業を全国に30店舗ほど展開する会社だとあった。主力の部門は居酒屋チェーン「ダイジロウ」で、学生時代にコウジも利用したことがあった。

タイミングのいいことに大門フーズはちょうど株式上場を目指していて、上場企業として必要な社内インフラを構築できる人材を募集していた。コンサルティング会社に勤めていたコウジにとって、それは何度もやってきた分野だった。経験を生かすことができる。

絶好のチャンスだと感じた。今のタイミングで入社すれば、上場後にかなり上のポジションにいられるはずだ。自分も重役になれるかもしれない。

まさに直感は当たっていた。

すぐに連絡を入れて、入社面接を受けた。見事難関を突破し、採用されたのだった。

当時は30歳。最後の転職にしたかった。これからは今までの経験を生かして会社に貢献したいと強く願っていた。感動したサービスをお客様に提供できる喜びがあった。意欲に胸を膨らましていたのだった。

毎月行われる全体ミーティングには30店舗の店長とエリアマネージャーたちが集まっていた。

「もしかして新しく入社した方？」

隣の男性が話しかけてきた。背丈はコウジより10センチは高く、胸板が厚い。

「はい。中田と申します。今日が初出勤なんです」

「そうか。じゃあこのミーティングも初めてなんだ」と彼は意味深に笑った。

コウジは隣に座らせてもらった。これが野島との最初の出会いだった。

社長が少し遅れて入室。ざわついていた会場がしんと静まった。

(あれ？　あんな人だったかな)

面接のときよりも眉間《みけん》のしわを深くし、目つきも険しい。まるで別人だ。

社長は50代半ばにしてほとんど白髪。いかついアゴに真一文字の眉。

「全体起立！」

大声で号令を掛けたのは山本営業部長だ。全員が一斉に立ち上がり気をつけの姿勢をとった。

「休め」

統制の取れたまるで軍隊のような動きだった。コウジだけワンテンポ遅れてしまう。

「大門フーズ10箇条ッ！」

山本営業部長が正面に貼ってある社訓を1つずつ読む。その後に続いて全員で大声を出して読み上げる。

（へんなところに入っちゃったなあ）

前の会社は外資系だったためにこのような体育会系の朝礼はなかった。

それが終わると全員着席し、山本営業部長が1か月の売上と利益を読み上げる。

部屋全体が緊張で凍りつくのが分かった。

次に社長が怒りの形相で立ち上がった。

「なんだこの数字は!?　お前らなんのために給料もらってんだ！」

演台を叩いて怒鳴りつけた。

コウジはショックを受けていた。面接のときには人当たりのいい人物だった。

「こんな成績で給料をもらえると思っているのか、仕事を甘く見ているんじゃない、やることをやっていないからこんなザマになるんだ」

そんな説教が数分続くと、今度はエリアごとに各店舗の業績がエリアマネージャーによって報告された。

成績の悪い店の店長とそのエリアマネージャーは正座させられ、社長が罵倒した。それだけでも十分コウジを驚かせたが、ときには頭を平手でバシィッと殴るのだった。

社長が社員に暴力を振るうとは。会社で人が殴られる姿を初めて目にした。このときに今回の就職が失敗だったことを悟った。

驚くことはこれで終わりではなかった。ミーティングがクレーム報告に進むと、さらに店長たちの表情がこわばった。

「大森店」

「はい！」

20代のまだ若い色白の男性が立ち上がる。その顔は蒼白だ。

山本営業部長が目をつり上げてお客様からのクレームを読み上げた。

「5月20日『いらっしゃいませの挨拶がなかった』、同じクレームが23日にも来ているぞ」

「すみません」

「挨拶ができないなんて、全くどういうつもりだ！」

「すみません……」

「すみませんじゃねえぞ、バカやろう！　先々月も同じクレームをもらってたよな？」

「はい」

「お前は挨拶も教えられねえのか!?　会社の恥さらしだぞ。そこで『いらっしゃいませ』を100回言って練習しろ！　……ったく」

「はいッ……。いらっしゃいませ、いらっしゃいませ、いらっしゃいませ、いらっしゃいませ……」

その店長は壁に向かって頭を下げ続けた。痛々しい光景だった。

クレーム報告はこの後も30分続き、改善のためのミーティングではなく、非難と責任追及の場となっていた。

最初は圧倒され、後悔していたコウジだったが、1週間がたつ頃には腹をくって考え方を変えた。

（入ってしまったものは仕方がない。何かの縁だ。この会社は間違っている。自分が変えよう）

そう考えるようにすると少しは力が出るようになった。

経営企画室の室長に任命されたコウジは自分の仕事にとりかかった。経営企画室というのは新設されたコウジ1人だけの部署だった。社長の直下に置かれ、部長レベルの決裁をもらわずに直接社長に提案することができた。

上場する基準をクリアする会計システムやインターネットを使って全社でコミュニケーションを取れるシステムを導入した。これは前の会社で何度か経験がある仕事だったので難しいことは特になかった。

事務スタッフが各店からFAXで送られてくる手書きの売上報告書を深夜までパソコンで入力し直していたのを見て、全店のレジと連動して本社で集中管理するシステムの導入を提案した。すぐに採用され、事務社員は夜7時には帰れるようになった。コウジの社内評価は一気に高まった。

店舗経営や社員の扱い方以外の面ではどんどんコウジは思ったことを言った。直接社長に改善案を出して古いやり方を変えていった。社長はコウジの提案を歓迎し、気前よく予算を使わせた。社長は会社の業務システムについては全く関心がなかった。

会社の業務はスムーズになり、前と比べて作業効率はとてもよくなった。仲良くなることが得意なコウジは社員たちとも親しくなり、とても楽しく働いていた。

社長からは、会社の業務システムをどんどん改善するヤツとして可愛がられ、2人で飲みに行くこともあった。

ところが、このように店舗を経験せずに高いポジションにいるのはコウジくらいだったので、昔からいた山本営業部長を中心とする古参の幹部たちにはあまりよく思われていなかった。現場を知らないと批判されることもあったし、社長に上手く取り入ったものだと嫌味を言われることもあった。しかし、コウジは特に気にしなかった。前の会社でもよく言われたことだったからだ。それにコウジは分かっていた。自分が社長に可愛がられているのは、社長がこだわっている〝店舗経営や社員の扱い方〟という分野に一切関わっていないからだと。

大門フーズの一員として会社への所属意識が強まるにつれて、会社のマイナス面も目につくようになってしまった。

完全にトップダウン方式で、社長の指示に全社員が従う。正しいのは上からの指示されたやり方であり、それ以外は間違ったやり方とされていた。外資系の企業を経験したコウジからみると、社員たちは非常に依存型になっており、進んで自分から発案することはなかった。とにかく叱られることを恐れているのだった。

それと同時に、いかにこの会社の待遇が恵まれているかということを幹部は言い続けた。

確かに給与面で見れば他社よりも高いし、若くして昇進するチャンスが多かった。それはすぐに分かったことだが、会社を拡大するスピードが速すぎて、それに対して人材育成が追いついていないのと、辞める人間が多かっただけのことだった。

かわいそうなのは、会社の中で見せしめにされる社員で、結果が出せない者や会社のやり方に従わない者を全体ミーティングで吊し上げにしていじめ抜くのだった。

しかし、最も衝撃的だったことは他にあった。

入社して1か月とたたないある日のこと。社長室に会社を辞めたいという社員が入っていった。間もなく仕事をするコウジたちのオフィスに社長の怒声が聞こえてきた。

「ふざけるな！　このやろう。こんな時期に裏切りやがって!!」

大声の後にガタン、ガガッという机と椅子がぶつかり合う物音。そしてドアが開き、血まみれの社員が顔を押さえて出てきた。

初めて目にする光景にコウジは驚いて声も出なかった。周りの事務の社員たちは見て見ぬふりをしている。辞めたいと言い出した社員はいつもこういう運命なのだと隣の女性社員から聞いて唖然とした。

その隣の席の女性社員が半年ほどしてから妊娠し、寿退社することになった。女性なので殴られることこそなかったが、「こんな大切な時期に何を妊娠なんてしてるんだ！　お前はイヌか!!」と社長に怒鳴られた。

奇跡の卒業式

野島が辞めてから3か月くらいして、コウジに転機が訪れた。

業務システムを改善するという仕事が一段落して暇になってきたこともあり、赤字続きの居酒屋ダイジロウ恵比寿店に代わる、新しいスタイルの店を開発するという仕事が与えられたのだった。

恵比寿店はここ1年で店長が3回代わったが成績が改善されない条件の悪い場所

だった。そもそもダイジロウの大衆的な居酒屋スタイルが恵比寿という土地に合わないことが原因だと社内の誰もが思っていた。

コウジに与えられた仕事は、恵比寿のような地域でも成功する新しいモデル店を開発すること。

ビールやジュースを製造している飲料メーカーと協力して店のコンセプト、内装やメニューなどを決めていく。開発には時間もお金も掛かる。失敗すれば投資を無駄にしたと責任を負わされる。それを店舗の経験が一切ないコウジにやらせるということは、あきらかに気に入らないコウジを失脚させる狙いがあった。

しかし、むしろコウジはそれを面白そうな仕事だと思って喜んで引き受けた。

協賛する飲料メーカーの担当者の井口と打ち合わせを繰り返し、プランを煮詰めていった。〝協賛〟とは飲料メーカーがビールサーバーや冷蔵庫、冷凍庫などを飲食店に提供する代わりに、店舗は将来にわたってそのメーカーの商品を使うという契約だ。飲食店としては高い機材を無料で手に入れられ、飲料メーカーとしても他のライバル会社に得意先を取られることなく売上シェアを確保できるので、双方にメリットがある。

担当者の井口はコウジと同じ世代で、髪をきれいに七三に分けていた。銀縁の眼鏡と相まってまじめそうに見えるが、実際の性格もとてもまじめだった。近眼用のレンズで細い目がさらに小さく見える。コウジは井口が好きだった。

井口は自分の会社のビールを心から愛していた。何度か個人的に飲みに行くこともあり、コウジは面白がって他社メーカーのビールを飲ませようとしたが、ひと口も飲もうとしなかった。あるときコウジはいたずら心からトイレに立った井口のジョッキを他のメーカーのビールが入ったものとすり替えておいた。

何も知らずに戻った井口はひと口飲んですぐに気づいた。

「コウジさん、やめてくださいよ。私の舌は騙《だま》せませんよ。チッチッチッ」

酔った井口は人差し指を横に振った。こんな面白いところもあるのだなと思った。

いよいよ3か月かけて練り込んだ店のプランが完成し、社長に提出した。

それはまさにコウジの理想の店にできあがっていた。内装はモダンな和風とし、ダークブラウンを基調に落ち着いた配色を心がけた。ショットバー並みのドリンクメニューに、ヘルシーな豆腐を素材に使ったフードメニューの豊富さが売りだった。

その数日後、社長室に呼ばれた。

計画書を見ていた社長が顔を上げた。

「メーカーにもっと協賛させろ。叩けばもっと出すぞ」

「はい。もっとですか。では今度話し合ってみます」

「話し合う？　それじゃあ甘いぞ。メーカーにはもっと要求をガンガンぶつけたらいいんだよ。客はこっちなんだからな。条件を飲まなかったらお前のところの商品は使わないって言ってやれ」

社長の手前、はいと返事したものの、コウジとしてはそういうやり方は好きではなかった。客だから偉いとか買ってもらう立場だから弱いとか、それは単にお金の流れの話でしかない。同じ飲食業に携わる人間である限り、大切な仕事仲間だと思うのだ。

後日コウジは井口と会い、会社から協賛についての要望があることを話した。

「そうですか」

井口は本当に困った顔をした。

コウジはなんとか井口の会社にもメリットがある解決策はないかと考えを巡らせた。

「井口さん、こういうのはどうですか」

飲料メーカーにも売りたい商品というものがある。それはメーカーの都合であり、販売する側にとっては関係ない。それをあえてメニューに大きく載せてお客様にも口頭でおすすめしてあげる代わりに、協賛を増やしてもらう。

「コウジさん、それなら会社を説得できるかもしれません」

無事お互いの会社を納得させることができた。2人は固く握手をした。

弓池が感心して言った。

「コウジはなかなか優秀だね。関係者がみんな満足する道を探し出したわけだ。普通はすでに出ているAかBかで考えるんだけど、**みんなが満足する第三の選択肢C**を考え出せることが素晴らしいよ。それは基本的だけど成功するのにとても大切な考え方なんだよね。自分の要求だけを押し通すのも、また相手の要求だけ飲んでしまうのも長期的に見れば関係は悪化するから。これができるのは**5のバランスのステージ**なんだよ」

弓池に褒められて嬉しかった。

「それで？　恵比寿店はどうなったんだ？」

野島は早く先を聞きたくて仕方がないという様子だった。


自分の好みで仕上げていったこともあり、コウジは自分でこの店を経営してみたいと思うようになっていた。

山本営業部長はコウジの希望を聞いてかなり驚いた様子だったが、すぐに「良い経験になるからぜひやったほうがいい」と賛成した。本社勤務から店長になるということは出世コースから外れることを意味していたからだ。店長の経験がないコウジが間違いなく失敗するだろうから痛い想いをさせて、さらにコウジの経歴に大きな傷をつけるよい機会だと考えたのだった。

ただ、他の店長よりも高給を払っているコウジを1店舗の店長としてずっと置いておくわけにはいかないので、1年という期限を切ってそれは許された。

コウジはやる気満々だった。これでお客様の喜ぶ顔を見たいという願いが叶えられるのだ。同時に、上層部の思惑を知っているためにプレッシャーもあった。もし失敗したら会社での立場はかなり悪いものとなるだろう。

生まれて初めての店長の仕事は分からないことも多かったが、自分が客ならこうしてほしいと思うことをスタッフに伝えた。

開店の日を迎えた。コウジは店長として客席に立ち、精一杯に接客業をこなした。お客様の笑顔を見るという喜びを実感していた。

スタッフとのコミュニケーションも楽しいものだった。毎日スタッフと店をもっとよくする方法について語り合った。会社の上からの指示に従わせるトップダウンとは全く反対のボトムアップの方法をとった。アルバイトも参加して話し合い、前からあった接客マニュアルはどんどん書き換えた。

恵比寿店の料理人にコウジを慕う佐野という25歳の若者がいた。華奢《きゃしゃ》な体つきでエラが張っている。ほとんど日光を浴びない生活をしているらしく肌が白くてきれいだった。

佐野は人と話すことが極度に苦手だった。高校卒業後に一度は普通の会社に就職したが、20歳を過ぎてから料理人の道に進みたくて調理師の専門学校に入った。厨房で包丁を握る姿はとても楽しそうで、まかない飯を担当するといつも何かひと工夫していた。

そんな佐野がある日、休憩中のコウジに遠慮がちに話しかけてきた。手には料理が載った皿を持っている。

「あのう、オリジナルのメニューを考えたんですけど」

豆乳を使った出し巻豆腐だった。試食するとふんわりした食感が美味しかった。

「うん、美味しいね。メニューに入れよう」

手書きのメニューを作って出してみると、お客様からも好評だった。佐野も自分のアイディアが認められ嬉しそうだ。コウジは佐野をもっと活躍させてあげたいなと思った。

アルバイトも自分からアイディアをだし、コウジを中心にスタッフみんなが団結して店を良くしていこうという熱気に溢れていた。お客様とのコミュニケーションが増え、ファンが増えていった。コウジもお客様と積極的に話をして、コミュニケーションを取った。顔見知りになり、何度も足を運んでくれるようになると、今までの仕事ではなかったつながりを感じるようになり、これこそ自分が本当に望んでいたことだったのだと確認できた。

50席あまりの店で1か月目にして600万円の売上を出した。それは同じ場所でダイジロウとして営業していた前年度と比べて180パーセントの成績だった。成績は全体ミーティングで発表され、「おおー」という歓声とともに拍手が湧き起こった。コウジはどうだ見たか！　という気分だった。

翌月も翌々月も売上を伸ばした。まさに順風満帆だった。


大門フーズ全体で問題だったのがアルバイトの離職率の高さだ。コウジはこれをなんとかしたいとずっと思っていた。求人にはお金が掛かる。人件費率を高くしているのは明らかだ。

本で読んだり、話に聞いて試してみたいことがいくつかあった。今まではオフィスにいたので率先できなかったが、店長という今の立場ならアイディアを試す絶好の機会だ。

『スマイルカード』……スタッフの良いところを言葉ではなくカードを使用して伝える。形として残るので、あとあと宝物になる。

『デイリーフィードバック』……仕事を終えるスタッフに「お疲れ様」のひと言だけでなく、その日その人が行っていたことを承認し伝える。(例) お疲れ様、今日の笑顔とってもよかったよ。ありがとう。

『バースデーカード』……スタッフの誕生日を把握し、メッセージカードをプレゼントする。

これらに加えて、3月には**辞めたスタッフのための卒業式**をやる。せっかく働いて貢献してくれたアルバイトには気持ちよく卒業していってもほしかったのだ。今までも辞めるアルバイトのために送別会が開かれることはよくあった。しかし、居酒屋に集まって、「今までありがとう！」と心を込めて言っても、1時間もすると単なる飲み会になっていて、何の会なのか忘れてしまうような状況を何度か見てきた。

開店してからちょうど3か月がたった頃。オープンから働いてくれていたが、就職が決まりアルバイトを辞める女の子がいた。コウジはもっとちゃんと気持ちを込めて送り出す式をやりたい、という思いで卒業式をやることに決めた。飲み会にしないために、自分たちの店ではなくパーティールームを借りた。

コウジはパソコンで音楽と写真を使ったスライドショーを作った。みんなとどんな気持ちで店を作ってきたか、こんな店にしたいねと夜中まで話し合ったこと、アルバイトで学んだ大切なこと、先輩から教えてもらったことなど数々の思い出の回想と、あらかじめヒアリングしておいた彼女の夢をみんなが応援しているというメッセージに仕立てた。

料理はみんなで1品ずつ持ち寄り、手作り感満載の会となった。

式の前半は、食事したりゲームをしたり、楽しい時間を過ごした。そしてメインの後半ではライトを消してプロジェクターでスライドショーを流した。

その女の子は号泣し、他の見送るスタッフたちも泣いていた。その後、オリジナルの卒業証書を渡し、コウジからの贈る言葉を伝え、卒業するアルバイトから最後にみんなに挨拶をしてもらった。スライドショーはCD-ROMに焼いてプレゼント。全員にとって感動的な卒業式となった。

これらのことを6か月も続けると、約40店舗の中でアルバイトの離職率が一番低い店となっていた。それどころか、辞めたアルバイトが友達を紹介してくれて、アルバイトの募集を求人誌に掛けずに済むようになった。それに伴って人件費率が下がり、社内で最も利益率の高い店の1つになったのだった。

その後も店ではスタッフたちの人間関係が良く、そんな職場に毎日出勤するのが楽しみだった。自分にはこの店と仲間たちがいると思えたので、会社で陰口を言われていたこともあまり気にならなくなった。


「それいい!!　コウジ、お前すごいな!　うちの店でもやろう」

野島はノートにメモしていた。弓池も感心していた。

「そのノウハウは素晴らしいね。デイリーフィードバックは大切だね。アルバイトは見てもらっているという喜びがあるよね。それに今までそこまでやる卒業式は聞いたことがないよ。君みたいなタイプは独立しても成功するよ。会社でも話題になったんじゃない?」

2人に賞賛されて嬉しい。

「そうですね。ミーティングでも発表したり、スライドショーの作り方を教えたりしましたよ」

「だったら、あの社長のことだから、全店でやれっていうことにならなかった?」

野島がそう予想したのは、大門フーズの社長がいいと思ったらすぐに取り入れる人物だからだった。コウジも社長の決断力に感心したものだ。さすが一代で上場までさせた人物だと。

「はい、そうなりました。ところが、みんなやらないんです」

「へえ、どうして？」

聞いたのは弓池だった。

「僕も不思議だったのですが、そこまでの余裕と気力がないんですね。とにかく売上を伸ばせ、目標を達成しろというプレッシャーがきつすぎて、卒業式をしても売上にはすぐに反映されないので、どうしても後回しになってしまうんです」

「それはもったいないなあ」と弓池が言い、野島は「そりゃそうだ。確かに店長はみんな疲れ果てていたからなあ。分かるなあ」と目をつぶってうなずいた。

「そんな状況の中、僕の影響もあったのかもしれませんが、山本営業部長が社長と折り合いが悪くなって辞めてしまったんです」

「邪魔者が消えてよかったじゃん」

「いやいや、ここから僕の苦難が始まったんです」

会社を変えるチャンス

新しい営業部長に任命されたのはなんとコウジだった。

営業部長は全店の売上を増やし、原価率と人件費率を減らして利益を上げることが仕事であり、まさに会社の中心的な役割だ。

たった入社5年で営業部長に抜擢された例は他にない。コウジがその役職に任命されたのはもちろん店長として実績を上げたからなのだが、社長が気に入っていたからという理由も少なからずあった。

（これはまずいことになったなあ）

褒め称える周囲とは反対に、コウジは頭を抱えた。今まで触れないようにしてきた〝店舗経営や社員の扱い方〟が仕事の中心になる。社長の聖域に入ってしまうのだ。

随分悩み、やんわりと辞退したいと告げたコウジだったが、社長の決定が変わることはなかった。

仕方がないので、コウジは前向きに考えることにした。

営業部長はあの全体ミーティングを仕切ることができる。ということは、あのいびり倒すミーティングをやめられる。これは会社を変える大きなチャンスでもあるのだ。

最初のミーティングで、コウジは自分の事例を発表した。

スマイルカードやデイリーフィードバックの効果をもう一度説明した。そして、3月には辞めたスタッフのための卒業式をやる。これによって離職率が下がり、サービスが向上する。そうすれば人件費を減らすことができて利益が増えるのだと。

ところが1か月たっても、2か月たっても全体の数字に変化はなかった。コウジが視察してみると、どれもほとんど浸透していなかった。

秋山という店長に相談した。年齢はまだ31歳と若いが成績の悪い店を見事に立て直した実績を持っている。自ら率先して模範を見せる優秀な人材だった。色白で眉毛がりりしく鼻筋が通り端正な顔つきをしている。髪は短くカットしてワックスで束ねている。誰からも好感を持たれる男だ。コウジも秋山を気に入っていたし、秋山もコウジのことを慕っていた。

秋山は店長たちがどう思っているのか教えてくれた。

「自分たち社員は会社に大切にされていると思えないし、辞めると言えば殴られる。

なぜアルバイトが辞めるときだけ卒業式をやらなくてはいけないのかと、何人かが言っていました」

コウジはこれが店長たちの本音だと思った。社長は辞める社員を褒めたりねぎらったりすることはなく、社員が辞めると言えば今でも殴っていた。社長にそれをやめるように言えない自分がコウジは情けなかった。自分にできることといえば、辞めるときに医者の診断書を持ってくるようにアドバイスするくらいだった。

社員たちの心情に関係なく、会社は強引な目標を立てて成長を続けていった。店舗数が増えるとともに、アルバイトの離職率の高さが深刻な問題になっていた。アルバイトが入れ替わるとサービスの質が落ちる。するとクレームになるし、売上にも影響が出てきていた。そんな中で会社からは目標達成のプレッシャーをかけられ、店長はとてもアルバイトの気持ちなど酌《く》む余裕がなくなる。するとさらにアルバイトが辞めていく。

全てのしわ寄せは店長に行き、彼らのストレスは相当なものだった。

この悪循環はいずれ社員が辞めていくことにもつながっていくのは目に見えている。ここで流れを止めなくては会社が大変なことになる。

コウジは、自分がやって効果的だった手法だけはなんとか全社に広めたいと思っていた。

それには、まず会社が社員を大切にするところを見せなければならない。

社長に社員を殴るのをやめろと直接的に言う勇気がなかったので、社長室で2人きりになったときにやんわりと「辞める社員を大切にしませんか」と伝えてみた。

すると社長は顔をみるみる赤くして赤鬼のようになった。

「いいか、うちは他よりも高い給料を払っているんだ。社員はもう十分すぎるくらい大切にしている……辞めていくような、フー……恩知らずの裏切り者を、フー……なんで大切にしなければならないんだ……え？　……フーフー」

社長は沸騰した怒りを抑えるために鼻から息を吹き出し、言葉を詰まらせながら話した。部屋中が怒気で震えていた。コウジの体も恐怖で震えた。

「僕の仕事についての話はこんなところです」

驚き感心しているのは野島だった。

「よく言ったな！　でもあの社長って、自分が社員を大切にしてるって思ってるんだ!?」

「そうみたいです。社員の誰もそうは感じていないと思いますけど。福利厚生とか給料はいいですからね」

「俺から見たら、コウジは頑張っていると思うけどな」

「最近は上と下の板挟みで、すっかり仕事への情熱がなくなってしまいました。さっきもゲームセンターでサボっていましたし」

弓池が問いかけた。

「ところで、コウジはどんな人生にしたいの?」

「どんな人生……?」

考えたこともなかった質問に言葉が出てこない。

「コウジがこれから成功するかどうかは、自分の人生をどんな人生にしたいと思っているかでほとんど決まるからね」

「はあ、なるほど」

なるほどとは言ったものの、弓池が何を言わんとしているのかよく分からなかった。成功するかどうかはその人の〝運〟次第だと思っていたからだ。

「ところでコウジ、時間は大丈夫？」

野島に言われて時計を見て青ざめた。サボりはじめてから2時間以上がたっていた。参加するはずの店舗ミーティングの時間まであと5分。これから急いで電車に乗っても絶対に間に合わない。

「わあ、まずいです。すっごくまずいです。もう行かないと」

コウジは慌ただしくお礼を言って席を立ち、駅に走りだした。

2 理想の人生って？

コウジは埼玉の店舗を視察するために埼京線の電車に乗っていた。

あれから1週間、コウジの心には野島の生き生きとした姿が焼き付いていた。

そして弓池から問いかけられたどんな人生にしたいの？　という言葉がグルグルと頭の中を回っている。ただこの会社でずっと働くことしか頭になかった。それより大きな人生などというものを考えたこともなかった。

自分が望む人生を考えようとしても、目の前の追われるような日々の生活がそれを邪魔した。

社長からの目標達成のプレッシャーは日に日に厳しくなってきて、コウジは言いなりになるしかなかった。

店を回れば回るほど、コウジの理想としている店作りとは程遠い現実が見えてくる。

どの店長も疲れ切っている。アルバイトが辞めてしまって人手不足に陥り、休みなく働いている。このままではいつか倒れる者が現れてもおかしくない。

店長たちの不満の声にも耳を貸し、励まさなければならない。まるで皿回しをさせられている気分だ。

コウジは社長と店長たちの間で板挟みとなり、息が詰まりそうだ。店長もアルバイトと会社の間で板挟みになっている。そして、アルバイトはお客様と店長との間で板挟みだ。

そう考えると、悪いのは社長1人にしか見えないのだった。

(もう辞めたい。この際独立しちゃおうかな)

自分で居酒屋を始めたらなんとかなりそうだ。

同時に妻と2人の子供の顔が浮かんだ。気軽に独立なんてできない。

初めて家族が足かせだと感じた。独立してもしばらくは準備期間で収入はなくなる。開店してもすぐに軌道に乗ればいいが、そうでなければすぐに貯金は底をつくだろう。実際、独立となると果てしなく長い階段をのぼり、いくつもの高いハードルを越えなくてはならない。

(そう言えば、自分が成功のどの段階にいるか、弓池さんから聞くのを忘れてたな)

そんなことを考えながら目的の駅のホームに降りると、携帯電話が鳴った。

知らない番号だ。

「こんにちは、弓池です」

「あっ、弓池さん！　ど、どうも」

弓池のことを考えていた真っ最中に電話が掛かってくるというあまりの偶然に鳥肌が立った。

「この前は話が途中で終わってしまったので、よかったら食事でも一緒にどうかと思って」

心の奥から絶対に行ったほうがいいという強い声が聞こえていた。

「はい。ありがとうございます。僕もお話ししたいと思っていました」

二子玉川にあるイタリアンレストランで待ち合わせの約束をした。

電話を切ったコウジは何か運命的なものを感じていた。


数日後の約束の日。

仕事を早めに切り上げ、約束の時間より5分前にレストランに到着した。すでに窓際の席で待っていた弓池がコウジに気づいて手を挙げた。

「弓池さんは今日もフェラーリですか」

席に着きながら尋ねた。

「うん。そうなんだ。2人乗りの車だから、こういうときじゃないと乗る機会がないんだ。少しでも長く乗りたいんだけど」

「フェラーリが本当にお好きなんですね」

「そうなんだよ。作り手の魂が感じられるところがいいんだ。あれで3台目になる。最新のフェラーリよりもあのF355というモデルが好きでね。前期、中期、後期ってあって、特に後期型がいいんだな。マフラーなんて変えなくても最高の音を奏でるし……」

2回目なのでコウジは前ほど緊張せずに話すことができた。弓池は目を輝かせて車について熱く語った。

成功している人というのはみんなガンガンに押しの強い、社長のようなタイプなのかと思っていたが、こういう脅威を感じさせない柔らかな人もいるのだ。

2人は同じコースを頼んだ。

「コウジは結婚しているの？」

「はい。20代前半で結婚しまして、子供が2人いるんです。男の子と女の子で、上の子は小学3年生で、下の子は幼稚園です。弓池さんはいらっしゃるんですか？」

「うちは男の子が2人。3歳と1歳」

しばらく子供の話に花が咲いた。コウジは仕事が忙しくてほとんど子供の寝顔しか見ていない。反対に弓池はできるだけ一緒に過ごすようにしているらしい。家で仕事をするのもいいなと思った。

成功の段階は？

「この前は大丈夫だった？」

「それがですね、どこに行っていたんだと追及されました。サボっていたことはほとんどばれています。結果も出せていないので社長の言いなりです」

社長に対する不満を言おうかどうしようかと迷っているうちに、スープが運ばれてきてタイミングを逃してしまった。カボチャを使った冷たいスープでなかなかの

1 あきらめ
2 快楽
3 社会適応
4 自分軸
5 バランス
6 ビジョン
7 ミッション

味だった。

「コウジの話を聞いただけで時間が来てしまったから、もしよかったら君が成功の7段階のどこにいるのかを話そうと思っていたんだ」

弓池に言われて、コウジは慌てて口の周りをナプキンで拭いた。

「はい、ぜひ伺いたいです」

「聞きたくない部分もあるかもしれないけど平気？」

「はい、全部言ってください」

そう答えたが一瞬、緊張で体が硬くなった。

弓池はメモ帳を取り出して図を書いて説明してくれた。

「前に聞いた話は、とても面白かった。卒業式は本当に素晴らしいアイディアだし、仲間を大切にする姿勢にはとても感心したよ。それで、聞いた限りでは3の社会適応の段階で必要な仕事の能力はしっかり身につけているし、『お客様の笑顔が見られる仕事がしたい』という自分のやりたいことも分かっているから4の自分軸の段階もＯＫだね。そして、部下を従えて結果を出すという役割を担っているので、現在は5のバランスの段階を経験しているところだね」

7段階中、5段階目か。悪くないなと思った。高いレベルの人だと認められたようで気分がよかった。弓池が続けた。

「とても優秀だと思うよ。でも、課題の1つで行き詰まっている。このバランスという段階では、自分のやりたいこととお金とそして、周りの人たちの意向のバランスを取ることが課題なんだけど、関係者全員の欲求を酌み取れていないね。自分よりも下の人たちの意向は上手に酌み取ってあげて、ゴールに向かってまとめられる。だから店を任されて成績を上げるのは問題なくできる。でも上にリーダーがいて、そのリーダーの意向も反映しながらっていうところで試練が訪れているように感じたよ」

リーダーが社長のことだとすぐに分かった。前の会社でも上司とはあまり上手くいかなかった。

「その通りだと思います。方向性が違ったら主張しても無駄だってあきらめているところがあります」

「起業家向きのメンタリティだよ。君のような人材の使い方は、資金は出すから全部自分で好きなようにやってみなさい、と一任してしまうのがいいんだよね。そうしたら君もやる気が出るんじゃないかな？」

自分が起業家向きだとは思っていなかったが、想像しただけで気分が明るくなった。

「すごく出ますね！　できれば勝手にやらせてもらいたいです。店の開発は好きにやらせてもらえたのでとても楽しかったです」

「そうだよね。でも今の仕事のように管理職として使われるとストレスでいっぱいになる。だけどね、そうストレスを感じているのは君だけじゃないんだよ。君を使っている社長さんもストレスを感じているはずだ。だって、自分の意向をちゃんと酌んでくれないんだから」

社長がストレスを感じているなんて考えてもみなかった。経営者という上の立場から好き放題に言っているようにしか思えない。

「自分としては意向を酌んでいるつもりなんですけどね。社長もストレスなんですか……」

その様子をうつろな目をして聞いていた弓池が突然不思議なことを言い出した。

「これはきっとお父さんとの関係が影響を与えているね。コミュニケーションは取っているの？」

「お父さんですか。父親とはもう何年も口を利いていません」

なんでそんなことが分かるのだろう。この人はただ者ではないと思った。仲が悪いというわけではない。ただ理由が分からないが話したくないのだ。

「いろんな人を見ているからね。でも、君はとても成功の段階の高いところまでいっているよ。野島くんと同じように独立したらきっと成功する」

弓池はその具体的な理由を話してくれた。

サラリーマンで学んでおくこと

「起業する前に会社で学ぶことは４つある。**対課題、対他人、対自分、ビジネスモ**

デルだ。君は基本的なところをクリアしている」

コウジはメモを取った。また弓池に成功すると言ってもらえてとても心強い。

「**対課題**は簡単に言えば仕事ができるかどうか。**段取りをして実行すること**だ。日々の業務を効率的にこなす技術からスケジュールの立て方、計画の実行方法なんかだね」

「そういうことは前の会社でさんざん教えられてきました」

「そこで学んだんだね。次の**対他人**は他人と上手にコミュニケーションが取れるかどうか。人間関係に関する能力だね。君は上の人との関係にはまだ課題があるけど、横や下との関係はとても上手そうだ。会社で自分がリーダーとなってチームを持つという経験したことは大きいね。5のバランスの練習を自分が部下の給料を払わずにできたわけだから」

「考えてみたら管理職を経験できることはサラリーマンのメリットなんですね。管理職は損な役回りだと思っていました。勤務時間が長くなるしストレスも多くて、その割には給料が増えないので」

「まあ、多くの管理職がそう思っているだろうね。部下を持った経験がない人が起業すると、**人を使う**という選択肢がなかなか思い浮かばないものなんだよ。全部自分1人でやろうとするんだ。その点、業務を振り分けるという経験を積んでいると、仕事は人を使って進めるものだという発想になっている。君は部下や横との関係は上手だと思うよ。だから、人を雇うことに抵抗はないだろう？」

「ないですね。早く自分のチームを作りたいくらいです」

弓池はにっこりとうなずいた。

「**対自分**だけど、これは**自分の強み**を知ってそれを生かすということ。コウジは自分の強みって何だと思う？」

「何年か前に知り合いに聞いてまわったんですが、僕の強みは人と仲良くなることだと思っています」

「そうやって周りの人に聞くのは良い方法だね。分かっていれば問題ない。その強みを意識して使えるからね。多くの人は自分の強みが分かっていない。意識していれば伸びるものなのだけど。

最後の**ビジネスモデル**とは、利益が出せるビジネスモデルを知っているかどうかということ。君の場合は、利益を出す飲食店の経営の方法を見て知っている。手探りでビジネスモデルを試しながら起業するよりずっと成功する確率は高いよね」

「独立して居酒屋をやるのも悪くないんですね」

繰り返す人生のパターン

「それからもう1つ伝えたかったのは人生のパターンの話なんだ。**人は人生で同じパターンを繰り返しているんだ。**人は成長しながら成功の段階を上っていくんだけど、時には下がってしまったり、同じところをぐるぐる回り続けてしまうことがあるんだ。人によってそのパターンは違うんだけどね」

正直なところ、コウジの心の半分は知りたいと思っているが、残りの半分は聞くのが怖かった。

弓池はさっきの図に書き加えながら説明した。

「まず、君は5のバランスのステージが現在地だ。この前サボっていたのは、自分のやりたいことと周りから期待されることとのバランスが取れなくて、どうしようもなくなったからじゃないかな？」

「その通りです」

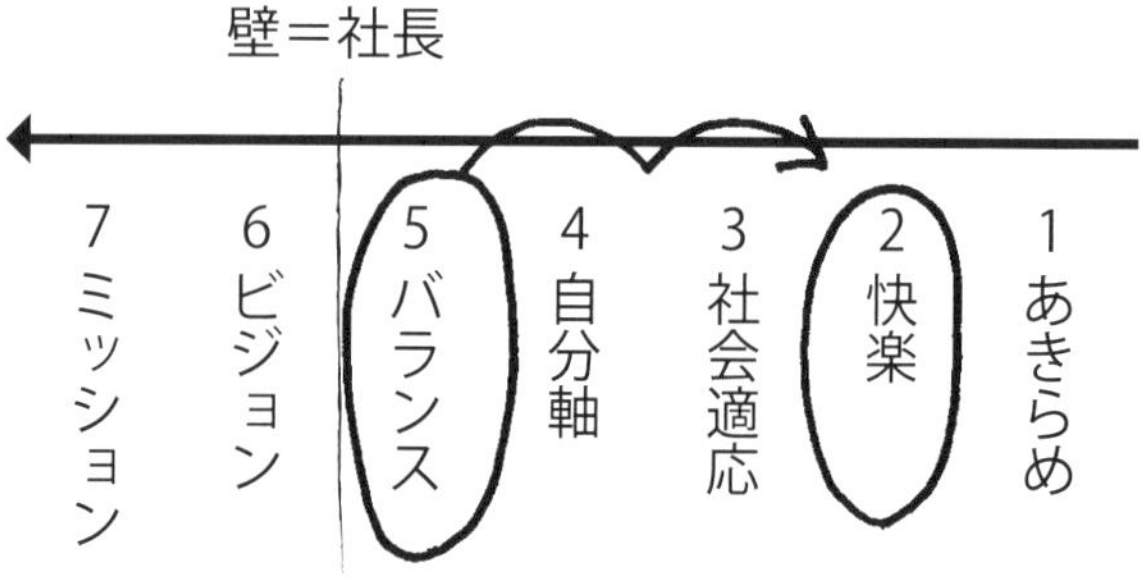

社長は売上を伸ばせ、店長にアルバイトを大切にしろと言うが、肝心の社長が社員たちを大切にしていないのだ。これではどうしようもない。

「社長さんが越えられない壁だったんだね。**人は壁にぶつかって挫折すると、馴染んだ段階まで下りていく**。君は2の快楽のステージにまでトントントンと下りた。ここでは、目の前の楽しいことをする刹那的な生き方なんだ。将来のために何か準備をするという視点がなくて、ただ楽しいことに没頭している。没頭できていればいいんだけど、君の場合は4とか5の上のステージの生き方を知っているから完全には没頭できない。自分の行動が逃避だって分かっているから」

「あのとき、僕はゲームセンターで逃避していましたね」

「察しがいいね。まあまあ、落ち込むことはないよ。分かってしまうと次からは違う行動をとるようになるから。それで、君の場合はすぐにこれではいけないと思って、与えられている仕事である営業部長として5の**バランス**に戻った。でも、前と同じに戻ったわけじゃない。3の**社会適応**のマインドのまま5のバランスを懸命にこなしている。社長さんの言いなりになっているって言ったよね。他人軸を優先するのは3の社会適応なんだ。君が合わせている他人軸とは社長さんだね。しかも部下たちを率いなければならないから、へとへとになる。それって本当に辛いんだよね」

「あ、当たってます……」

弓池の言い方は優しく思いやりが感じられた。

コウジはやっと自分のことを理解してくれる人が現れたと思った。お腹のあたりでわだかまっていた冷たい黒い固まりが小さくなった気がした。

料理が運ばれてきた。何かのパスタと牛肉のグリルだったが、コウジにとって話のほうが刺激的で料理を味わっているどころではなかった。

「成功の7つの段階ってすごいですね。ぴったりです。これってどんな人も当てはまるんですか？」

「そう、当てはまるんだよ。みんながこのパターンの中で生きている。自分が経験していない上の段階は想像できないけど、バランスくらいまで経験している人だと、自分の過去を振り返って、あのときはここだった、このときはここだった、と納得しやすいね」

「そうですね。僕もバランスから下は分かりますが、上は全く分かりません」

前に教えてもらった内容を思い出そうとしても、どんな内容だったかさえ定かでない。

「**成長のポイントは、繰り返しているパターンから抜け出せばいい**んだよ。ところで、いつもの君のパターンだとこの後どうなっていくの？」

「この後ですか？　ええと、あっ！　前の会社では辞めましたね。そうだ。会社に合わせていたら、もう働く意欲がなくなって、そうしたら今の会社が経営するレストランに出会ったんだ」

また鳥肌が立ち、思わず天を仰いだ。また自分のパターンが分かってしまった。

「これから抜け出せるんですかね」

「必ず抜け出せるよ。君がこうして私から言葉を聞いているということは、抜け出すタイミングに来ているということだから」

「そうなんですか。弓池さんにそう言っていただけると、なんだか勇気が出ますね」

「これは理解しておいてほしいのだけど、途中の段階が悪いわけじゃないんだ。君の場合は、それで成功についてかなり学んできているからね。コンサルティング会社では問題解決の方法を学んだと思うよ。クライアントが何に困っているのかを聞いて、ゴールを聞いて、その間の問題を解決する。これは仕事の基本だよね」

「はい。とてもいい勉強でした。だから、店の立ち上げを任されても、成功させられたんだと思います」

「コンサルティング会社で壁にぶつかって、〝お客様の笑顔が見たい〟という本当にやりたいことが分かったんだよね。ということは、君のパターンには、〝壁にぶつかった後に、より本当の軸に近づく〟というおまけも入っているね」

「あっ、本当だ！　今まで気づきませんでした。パターンは悪い面ばかりじゃないですね。ということは、今回もここらへんで新しい自分軸に気づくのかもしれませんね」

「おっ！　高い視点から今が見られるようになったね。おめでとう！」

「自分のパターンが分かると、人生を高いところから見られますね」

コウジは話を聞いて良かったと思った。

笑顔ゲーム

弓池が店員を呼んだ。30代半ばの女性が近づいてきた。言葉は丁寧だが事務的で笑顔はない。

「お皿を下げてもらえます？　それとコーヒーと今日のおすすめのケーキをください。コウジは？」

「僕もお願いします」

その女性店員は目を合わせることさえなかった。接客に心がこもっていない。

店員が去ってからコウジは我慢できなくなった。

「ダメですね」

「何が？」

「あの店員ですよ。お客様が言う前に空いた皿は下げないと。それに笑顔もないし。

仕事柄そういうところは許せないんですよ」

「なるほどね！　じゃあ、笑顔にしてみようよ」

「えっ？　あの店員さんを、ですか。ちょっと難しいんじゃないでしょうか」

「そうかな。だったら1つここの支払いを賭けてみようか。私が笑顔にできたら今日は君が払う。もし私が失敗したら私が払うよ」

面白そうだ。賭けに乗ることにした。

ルールとして、たとえばマネージャーに注意させるとか、笑顔がないとクレームをつけて強制的に笑顔にさせるのは本当の笑顔ではないので禁止とした。

コウジは何が起こるのかワクワクしていた。

コーヒーとケーキを運んできた店員に弓池が笑顔で声を掛けた。

「どうもありがとう。あの、パスタすごく美味しかったですよ」

「そうですか」

店員の女性が笑みを一瞬浮かべた。

「それに店員さんも笑顔が素敵だし、こっちまで笑顔になっちゃうね」

弓池はコウジに賛同を求めた。

「そ、そうですね」とコウジは慌てて弓池に合わせた。

「あら、そうですか。うふふふ」

さっきまでの不機嫌な表情は一瞬に消え、店員は笑みでいっぱいになったのだ。

店員のネームプレートを見た弓池が言った。

「お名前は？　西田さんですね。覚えておこう」

恥ずかしそうに肩をすくめて去っていく店員の後ろ姿は心なしか嬉しそうだった。

「すごい。弓池さん、ちょっと感動しちゃいました」

「上手くいったね。やっぱり人を笑顔にするって気持ちいいなあ」

そういう弓池が一番素敵な笑顔をしていた。

「と言うわけで、ここは君のおごりだから」とテーブルの上の伝票をコウジに押しやった。

コウジは、もともと今日は時間を割いて話をしてもらったので自分が支払うつもりだったが、ゲームに負けて払うのはちょっと悔しい。

ケーキはザッハトルテだった。チョコレートスポンジをチョコで包んだとてもチョコチョコしいケーキだ。弓池は嬉しそうに味わっていた。

会計のときにマネージャーと書かれた名札を胸に付けた男性がレジを打っていた。その人物に弓池が声を掛けた。

「あの西田さんっていうスタッフは笑顔が素敵ですね。気持ちよく食事ができたと伝えてあげてください」

マネージャーは少し驚き、ありがとうございますと答えた。コウジもそんなことを言う裏にどんな意図があるのだろうかと推理してみたが分からなかった。

外の空気は夜になって冷えていた。油断して薄着で来てしまった。

お礼を言ってここでお別れするつもりでいた。

「おごってくれたから、送ってあげるよ」

「そんな、とんでもないですよ」

「遠慮はいらないよ。私はドライブするのが好きなんだから」

その言葉に甘えさせてもらうことにした。

人生初のフェラーリに心が躍った。小学生の頃にスーパーカーが流行っていた。フェラーリとランボルギーニがスーパーカーの頂点を争っていたことを思い出す。片方が最高時速３００キロというと、もう片方はその１キロ速い数字をカタログに載せた。どっちがどっちだったか思い出せないが。そのあこがれの車に乗せてもらえるのだ。

人を動かす

「さあどうぞ」

弓池に促されて、恐る恐る赤い助手席のドアを開けた。低い車高なので体を滑り込ませるように乗り込まなくてはならない。普段は着座位置の高いミニバンに乗っているので、この車だと地面とお尻の距離がやたらと近く感じる。まるで地面に座っているようだ。

エンジンを始動させる。ボオオーンと元気な排気音が背後から聞こえてきた。エンジンの振動が背中に伝わって後ろにエンジンがあることが分かった。

精算機のところで止まると、弓池が駐車券と千円札をコウジに手渡した。

「これ、機械に入れて、払ってくれる？」

精算機がコウジの側、車の右側に来ていた。駐車券とお金を挿入し精算した。

「いつも、こういうときはどうしているんですか？」

「いちいち出ていくよ。面倒なんだよね。あとね、路上駐車するときに、あまり左に寄せられないことも不便だな」

その口調はちっとも不満そうではなかった。

環状8号線に出て、用賀インターから東名高速道路に乗った。フェラーリは官能的な排気音を響かせて軽やかに加速する。まるで管楽器のような音だ。

コウジはさっき目にした魔法のような出来事を思い返していた。

「弓池さん、さっきの店員さんはどうして笑顔になったんですか？」

「え？　そうだね。あまり深く考えずにやったからなあ」

弓池は少し思い出してから解説してくれた。

「**人は思われている通りに行動する**ものだから、『あなたは笑顔が素敵ですね』と言われると笑顔になってしまうものなんだよね。で、**ある行動をとった直後に褒めるとその行動をもっとするようになる**って感じかな」

「だから、彼女が最初にちょっと笑ったときにすかさず褒めたんですね。そうしたらもっと笑顔になっていましたね」

コウジは感心していた。この方法を使えば人にプレッシャーを掛けずに気持ちよく動いてもらえる。

弓池はまた何か教えることを思いついたようだ。

「そうそう。褒めるときには3つの方法があって、〝**あなたバージョン**〟と〝**私バージョン**〟と〝**私たちバージョン**〟があるんだよ。〝あなたバージョン〟はあなたを主語にする。『あなたは素敵ですね』とか『あなたの笑顔は素敵ですね』っていう方法。〝私バージョン〟は私を主語にする方法。『私はあなたを見て○○と感じました』というふうにして、『あなたの笑顔で嬉しくなりました』みたいに使う」

「はい」

「〝あなたバージョン〟は、ずばりヒットすればいいんだけど、相手がそう思っていないと逆効果になることもある。たとえば、自分の笑顔が好きじゃない人に、笑顔が素敵ですねって褒めても、その人は受け取れないよね」

「なるほど。そうですね」

「でも、〝私バージョン〟で褒められると、否定のしようがないよね。だって『あなたの笑顔で私は嬉しくなりました』って言われたら、嬉しくなったのは相手の勝手なんだから」

「むしろ、そんなふうに言われたほうが嬉しいですね」

「そうなんだよ。**人はいい影響を他人に与えたことが分かると嬉しくなるものなんだよね**」

コウジはせっかくのいい話を忘れないようにノートを出してメモした。

「最後の〝私たちバージョン〟は、それをもっと強力にしたもの。影響が私1人ではなく、私たちっていう複数になるからね。さっきはどのバージョンを使ったか分かるかな？」

「え？　笑顔が素敵ですねって褒めていたような……〝あなたバージョン〟ですか？」

「50点！　実はね、〝あなたバージョン〟と〝私たちバージョン〟の2つを使ったんだよ」

「ああ！　だから、弓池さんは僕にも同意を求めたんですね」

コウジはついでに聞いてみたいことがあった。

「会計のとき、マネージャーに店員さんのことをわざわざ褒めたのはなぜですか？」

「いや、特に意図があったわけじゃないけど。彼女に気持ちよく働いてほしいからね」

素敵な人だなと弓池を好きになった。

「ちなみにさっきの場面、もしコウジだったらどうした？」

「ええと、そうですね……接客における笑顔の大切さを教えようかと。もし、スタッフが笑顔で仕事をすると、店の雰囲気がよくなるのだと」

「ふんふん。それは**原因と結果で人を動かす方法**だね。なかなかいい方法だ。『こうしたら、こうなる』とか『こうしないと、こうなる』のような言い方だね。君がどんなマネジメントをしているかが分かってきたよ。納得してくれれば動いてくれるよね。それは人の動かし方でも**自立させるのにいい方法**なんだ。相手はだんだんと自分で考えるようになる」

褒められすぎたと感じたコウジは本当のことを言うことにした。

「お恥ずかしいのですが、実は今のはここで考えたのであって、あの場面で最初に浮かんだのは、マネージャーに言うことだったんです。僕が会社でいつもお客様からクレームを受けている立場なんで、とっさに浮かんだんでしょうね」

「正直でいいね。それは**権力（パワー）を使う方法**だね。確かに表面的には愛想良くはなるだろうけど、私たちは西田さんから嫌われるだろうね」

「確かに。もし組織でそれをやったら人間関係が悪くなりますね」

社長はいつもこれをやっているのだ。

「**おねだり**っていう方法もあるよ。『……してくれたら嬉しい』と相手におねだりする。見返りがお金ではなく叶えてあげる喜びなんだよね」

「叶えてあげる喜びですか……女の子ならいいけど､男にはちょっと使えませんね」

「いやいや、とんでもない。今度、自分で使ってごらん」

分かりましたと答えたものの、一体いつ使えばいいのか全く思いつかなかった。

弓池はあと、取引とメリットについても教えてくれた。

取引は、「……するから……して」「……したら……してあげる」のように行動の見返りを約束する。メリットは「……してくれませんか？　そうすればあなたにもメリットがあります」と提案する。その2つはコウジもよく使う方法だった。

車は町田インターを過ぎた。

3つの課題

コウジは弓池を人生の師《マスター》だと思った。成功への道を知っているし、生き方のもっと先のステージに進む方法も知っている。野島がメンターと仰ぐのも分かる。短時間話しただけでこれほどのことを学ぶことができたのだ。野島が紹介してくれたのも、ずっとあんな会社にいないでお前も独立しろということだろう。コウジは思い切って弓池にお願いしてみることにした。

「今日はありがとうございました。とても勉強になりました。全く違う世界の見方を教えていただいた気がします。できれば僕も野島さんのように教えていただけないでしょうか。いずれ独立したいんです」

それを聞いて弓池はなぜか眉をひそめた。

「そうだな。教えてもいいけど、私にとって時間はとても貴重なんだ」

「もちろん、分かります」

コウジは何か悪いことでも言ってしまったかと不安になった。

「だから、私の時間を分け与えるに値する人にだけ教えたい。君がその人物であるか証明してほしいんだ。間違えてほしくはないんだけど、君が価値ある人間なのかを証明しろと言っているのではないんだ。コウジが人間として価値あることは最初から知っているよ。私とコウジは本質的な価値は同じだからね」

弓池の教えるに値する人に教えたいという気持ちは理解できた。

「分かりました。どのようにすればいいですか」

「君が同じパターンを繰り返しているのは、権威者とのバランスが取れないからだ。上司や立場が上の人と方向性が違うといったんステージが下がって、勤め先を変えてきたね。ということは、これからもし私が君に教えるということは、私がその権威者であり、立場が上の人になるということだ。私のやり方は知っている？」

「はい。野島さんからだいたいのことは聞いています」

「慈善事業として教えているんじゃない。これは社会貢献でありながら私のビジネスでもある。私はビジネスを通して世の中に新しい生き方を伝えようとしているんだ」

「新しい生き方ですか？」

「そう。お金や達成感だけではない。平安な心だけでもない。『すごいね』と羨ましがられるための成功ではない。自分よりも不幸な人と比較して感じられる幸せではない。その人だけの成功と幸せを手に入れる生き方を広めていきたいんだ。今はそのために他人の成功に貢献して成功するリーダーを育てている」

「それは、素晴らしい考えですね」

「ありがとう。投資だから、リターンがなくてはビジネスにならない。今のままだと君はきっと私と意見が合わなくなると同じパターンを繰り返すだろう。だから、今回は違う新しいパターンに挑戦してほしいんだ。課題はそうだな……3つだね。3つともできたら教えてあげる」

「3つですね。はい。やります」

弓池はコウジの表情を見て、その決意を確認した。

「1つ目は、独立の話を奥さんと相談すること。奥さんが賛同してくれたら話を先に進めて良いよ」

「分かりました。これはすぐやります」

「それができたら2つ目。社長に、コウジがやってきた卒業式とかデイリーフィードバックを社員に向けてやってもらうように提案をすること。もし、それが断られたら辞めたらいい」

「それは言ったことがありませんでした。最初から無理だとあきらめていました。でも、もし社長がやると言ったら、僕は独立しなくてよくなってしまう気がしますね」

「それはとてもめでたいことだよね。会社の中でリスクが少なく自分のやりたいことができるなんて素晴らしいことだ」

「あ、そうですね。でも、まあ社長はとてもそんな提案を聞き入れる人ではないと思いますが」

「それならそれもいいよね。あきらかに社長は矛盾しているからね。社員にはアルバイトに対してやれと言いながら、自分は社員に対してやらないなんてね」

コウジは深くうなずいた。どっちにしても選択肢が増えるのだ。

卒業式ならできるかもしれない。スライドショーを流して、最後に社長から表彰状と感謝の言葉を言ってもらう。これは画期的なことだ。ワクワクしてきた。しかし、社長が毎日社員に対して「お疲れ様。今日は元気があってよかったよ」などと言っている場面は全く想像できないし、提案することさえ恐ろしい。

「そして3つ目。これが一番難しいかもしれない。お父さんと2人で旅行に行ったことは？」

「父とはないですね……」

「じゃあ、お父さんを誘って1泊2日の旅行に行くこと」

「父と旅行ですか……。はあ、それは難しい課題ですね」

想像したら体が緊張してきた。

「難しいと感じることは分かっているよ。でもとても重要だから出したんだ。君の中でまだ子供のときのお父さんとの関係がずっと続いているんだよ。それが上の人と上手く付き合えないことに影響を与えているんだ」

「そうなんですか。弓池さんは話を聞いてくれる優しいタイプですからそれはないと思うんですが。でも確かにこの歳になっても父親と普通に話せないんです。でも、なんとか取り組んでみます」

そう言ったものの、最後の課題をやり遂げる自信がなかった。

フェラーリを降りて弓池にお礼とおやすみなさいを伝えた。今日はやけに明るい。夜空を見上げると満月がまばゆいばかりに光を放っていた。

心配なんてされたくない

3年前に建築した1戸建て。土地はコウジの両親が所有していた空き地を使わせてもらっていた。両親の家は道路の斜め向かいにあった。

コウジは、今日弓池に会ったことを誰かに話したくてしかたなかった。

時間は夜10時。すでに子供たちは寝ている。妻の琴美はパジャマを着てリビングルームでテレビを見ていた。1つ目の課題は簡単だ。

「今日はすごい人に会ってさ」

「ふうん」

琴美はテレビドラマを見ながら生返事をした。

「バランスの取れたリーダーを育てたいっていう人でさ、成功と幸せの両方を手に入れる生き方を広めていきたいっていう人なんだ」

話しながらこれはまずいなと思った。どう聞いても怪しく聞こえる。琴美の反応も警戒したものだった。琴美が振り向いた。

「何それ。その人大丈夫なの？」

「ああ、もちろん。野島さんも教わっているんだよ」

「ふーん。どうせその人も何か儲けようとしているんじゃないの？」

うさん臭そうに眉をひそめた。完全によくない流れで話が進んでいる。

「ま、まあ、いずれはね」

「ほら、やっぱり」

したり顔で言われるとコウジは猛烈に腹が立った。

「社会っていうのはそういうものなんだよ。別に悪いことじゃない。琴美は社会経験が少ないから分からないだろうけど、個人的にお金をもらって何かを教える仕事の人はたくさんいるんだよ」

自分でもちょっとまずい言い方だったと思った。

「何？　その上から目線の偉そうな言い方は」

琴美に応戦されて、こちらのスイッチも入ってしまった。頭の中がカッと熱く燃えた。

「……どうせ俺の会社での苦労なんて分からないだろ。お前なんて家で家事をしていればいいだけなんだから。俺は家族のために嫌なことも我慢して、犠牲になっているんだぞ」

「何よ。いきなり。私は心配してるのに！」

「心配？　誰が心配してくれなんて言った？」

「もう、勝手にしてよ」

琴美はコウジの存在を無視するかのように片付けを始めた。ドアを閉めるときに大きな音を立てる。怒っているときの琴美のサインだ。

コウジも怒りが収まらない。とりあえず風呂に入ることにした。湯船につかって一息つくと、だんだん気持ちが静まる。

（ああ、なんてことになってしまったんだろう。最初の課題だっていうのに。独立することになるかもしれない、なんてとても言い出せる雰囲気じゃないな）

心に浮かんでくるのは琴美に分かってもらえない腹立たしさだった。どんなに会社で辛い目に遭っているのかあいつには分からないんだ。家族のために我慢して働いているのに。

湯船に肩まで浸かって、考えた。

そう言えば会社がどんな様子か一度も話したことがなかった。琴美が理解できないのも無理もない。明日話してみよう。

風呂から上がって2人の子供の寝顔を見た。すやすやと無垢《むく》な寝顔だ。いつも愛《いと》おしい気持ちになる。

琴美はコウジに背を向けて寝ていた。今は声を掛けるタイミングではなさそうだ。

翌朝、琴美はおはようの挨拶も言わなかった。コウジは昨日気づいたことを話す時間がなかったので、帰ってから話すことにした。

コウジが帰宅すると琴美はお帰りなさいという言葉で迎えた。ただし、目は合わせない。

コウジはテーブルの上に並べられた食事に箸をつける。パジャマ姿の琴美はテーブルの反対の椅子に座ってテレビを見ている。風呂上がりで髪の毛が濡れていた。

ぎこちない空気が流れる。頭の中で何度か練習をしてから口を開いた。

「なあ、琴美」

「うん？」

テレビの画面を見たままの返事。

「昨日のことだけど」

「うん」

「ちゃんと説明する」

「うん、分かった」

琴美はテレビの電源を消してコウジのほうに向いて座った。昨日の喧嘩が気にかかっていたらしい。

「昨日話した人と、俺がどういう気持ちで会ったか琴美に分かってほしいんだ」

「うん。わたしもちゃんと聞かなくて悪かったって思っている。ごめんね」

「いや、いいんだ。順序立てて説明しなかった俺も悪いし」

コウジも慌てて謝った。自分から謝るのは勇気が要るが、先に謝られると立場がなくなる。自分の非を認めて謝る人は人格者だと聞いたことがある。コウジと琴美の場合、先に謝るのはいつも琴美だった。

「今の会社は入りたくて入ったんだけど、思ったようなところじゃなかったんだ」

会社でどんなふうに社員が扱われているのか。営業部長になってからの苦しい立場も話した。

今までコウジは妻の琴美に会社での出来事をほとんど話すことはなかった。心配をかけたくなかったのではない。心配されることが耐えられなかった。

「そうだったんだ。全然知らなかった」

琴美はコウジの辛さに同調した。コウジはこの感性の豊かさに惹かれたことを思い出した。

野島に弓池を紹介してもらったいきさつを話した。

「野島さんは大門フーズが厳しいところだってよく知っているから、助けるつもりだったと思う」

琴美はテーブルの上を見つめて、時折うなずきながら聞いていた。

「昨日は弓池さんと2人で食事をしながら話をしたんだけど、どうして辛かったのかとか、人生で繰り返していたパターンとか、人の動かし方とか、普通では学べないことを教えてくれたんだ」

教えてもらったことをいくつか話した。無愛想な女性店員を笑顔にしてしまったことも。

「すごいね。そんないい人に会えてよかったね」

琴美が認めてくれて嬉しかった。そして、本題を切り出した。

「そんなわけで、今の営業部長の立場だと苦しくて仕方がないから、会社を改善する提案をしてみて、もしダメだってことになったら独立を真剣に考えようと思うんだ」

「うん。コウジがいいなら、私も賛成だよ。いきなり独立の話をされたらちょっと待ってよって止めたかもしれないけど、事情が分かったし、あなたにとってそれが一番いいことだと思う」

「そうか、ありがとう」

「コウジは会社の中だけでやっていくタイプじゃないと思うし。でも、大きなことはちゃんと今日みたいに相談してよね」

「ああ、分かった。約束するよ」

琴美と結婚してよかったと思った。考えていたよりもずっと大人だった。愛していると伝えてキスをした。久しぶりだったので照れくさかった。

社長との対立

いざとなると、なかなか言えなかった。どうせ聞いてもらえるわけがない。そう決めてかかっていた。考えてみると、自分より上の立場の権威者と意見が衝突しているときに何かを提案したことがないかもしれない。

言っても無駄なのに試す必要があるだろうかというあきらめと、もしかしたら変わるきっかけになるかもしれないという期待が混じっていた。

（これは自分のパターンを変える練習なんだし、断られたらそのときこそ独立すれ

ばいいんだ）

そう考えると少し気が軽くなった。

意を決し、秘書に社長と時間があるときに話をさせてもらいたいとお願いした。声がかかったのはそれから1時間ほどしてからのことだった。

応接セットに社長と向き合って座る。バクバクと心臓の鼓動が早くなる。

「社長、お時間をとっていただきありがとうございます。1つ提案があるんです」

緊張から舌がもつれそうになる。

「おう、何だ」

「離職率を下げる話なのですが……」

「うむ」

「スマイルカードやデイリーフィードバックや卒業式がアルバイトの離職率を下げるという効果ははっきりしているのですが、なかなか各店には浸透していません。私が十分な力を発揮できていなくて大変申し訳なく思っています」

「うむ」

「で、どうしてやらないのかという声を店長に聞いてみたところ、自分たちが会社にやってもらったことがないので感覚が掴めず、どれだけ心理的に効果があるのかが分からないようなのです」

「……」

話の流れは昨日ずっと考えて準備してきたものだった。しかし社長は相づちを打つこともなく、難しい顔をして聞いている。

コウジは呼吸が苦しくなってきた。でもちゃんと言うことは言わなければ。

「会社がやっていないのに、社員にやれと言うのも間違っているかと。そこでなんですが、できれば社長から社員たちにやってあげて、率先してやっているところを見せてあげてはどうかということを提案させていただきたいのです……」

「……」

こめかみがピクピクと動いているだけで、反応がない。

「もちろん、卒業式については私がスライドショーを作りますし、社長には最後に、『働いてくれてありがとう』みたいなコメントをいただいて、表彰状とスライドを焼いたＤＶＤを渡していただく役をしていただければ大丈夫ですので……。いかがでしょうか」

社長はコウジの意見を考えている。コウジにはとても長い時間に感じた。

やっと口を開いたとき、コウジは奈落の底に落とされた。

「必要ないな。社員たちを甘やかしてどうする？　お前がやり方を店長にしっかり教えてやればそれで済む話だ。自分の仕事がしっかりできないからって俺に尻ぬぐいさせるな」

コウジは自分の手が恐怖で震えているのが分かった。

できるだけ社長を怒らせないような言葉を選びつつも、声がうわずりそうになりながらもう一度説明した。

「いや、そうではないんです。社長……。ええとですね、たとえば卒業式の狙いは、辞める社員のためだけではなく、会社に残る社員のためでもあるんです。卒業式によって会社が辞める社員を大切にしていることが分かります。そうすれば、残る社員たちも会社から大切にされていることが分かるかと……」

緊張と焦りで上手く説明できない。コウジが言い終わらないうちに、社長はまるで切り捨てるように言った。

「そこまでしないと分からないようなヤツには、早く辞めてもらったほうがいいんだ！　誰だ、そんなことを言っているヤツは？」

（チッ、下手なことを言ってしまった）

「いいえ、誰というわけではありませんが……そんな雰囲気を感じるんです」

このままでは犯人捜しになってしまうと思ったのでぼやかした。

「お前がそう思っているんだな。分かった」

社長は扉の向こうの秘書に声を掛けた。

「おい、さっき店長が来ていただろう」

「はい。２人来ていますけど」

「ちょっと呼べ」

一体何が始まるのか。コウジは頭の中が真っ白になった。

すぐに緊張して縮こまった20代の若い店長が２人入ってきた。まるで猛獣の檻にでも放り込まれたように、２人とも壁に背中をくっつけて立っている。

「おい、お前たち。正直に答えろ。会社に大切にされていないと思うか？」

その答えにくい質問にどちらが先に答えるか順番を目で譲り合っている。

「大切にされていると思います」

1人が答えると、もう1人も全く同じ答えを言った。

社長はどうだ分かったかと思い知らせるような視線をコウジに送った。

この場で本音を言える人間はよほど空気が読めないおめでたいやつだけだ。

社長がまた2人の店長に尋問をした。

「どうしてアルバイトの卒業式をやらないんだ？」

「すみません。ちょっと……忙しくて手が回らないんです。それと、アルバイトが来なくなってしまったりして、卒業式をやろうにもできなかったという状況がありまして……」

もう1人もほとんど同じ回答だった。

話はそれで打ち切りとなり、店長2人と一緒にコウジも退室させられた。

コウジは、敗北感にうちひしがれていた。

(思った通りだ……やはり無駄だった……師匠からアドバイスされた方法で奇跡的に上手くいくなんて、ドラマの中の出来事だ。そんなに現実は甘くない……)

とても仕事が続けられる気分ではなかった。コウジは気持ちを入れ替えるために休憩室に行った。自動販売機の前に椅子が数脚置かれている。午後2時で誰もいない。

椅子に座ったコウジは無意識に胸のポケットを探った。タバコを探したのだ。そんな自分に驚く。もう5年間も禁煙していたからだ。

仕方なく自動販売機でコーヒーを買った。小銭を投入する手が少し震えていた。

なんとか2番目の課題もクリアした。はっきり分かったことは、自分が理想としているマネジメントをするには自分で独立するしかないということだ。

社長は〝甘やかす〟と〝大切にする〟の違いが分かっていないのだ。

社長なりに社員を大切にしているのだろうが、心が伝わっていなければ意味がない。みんなが望んでいることは、お金や待遇だけではないのだ。大切にしてもらっているという実感だ。それはスタッフもお客様も同じだ。

さっきの場面がぐるぐる巡る。あの言い方は失敗だった。

悔やんでいても仕方ない。コウジは頭から振り払い、これから先のことを考えることにした。

（とにかくこれで2つ目の課題はこなしたぞ）

独立が現実的になってくると、その大変さも見えてきた。

会社を辞めてからしばらくは収入がないだろう。店が軌道に乗るまでにどれくらいの時間がかかるだろうか。初期投資だってかかる。今までは会社が全額を出していたので投資額を心配することなく店を立ち上げることができた。独立となれば、自分が借金することになる。もし店が上手くいかなかった場合は、他の仕事をしながら残りの借金を払っていかなければならない。自由は責任と引き替えなのだ。

（さてと、問題は3番目の課題だな。気が重いなあ……）

父親と2人で旅行に行くなんて。コウジにとっては社長に提案するよりもずっと難しく感じる。いや、絶対にできないとさえ思うのだった。

また同じパターンじゃない？

子供の頃から父とは顔を合わせても滅多に言葉を交わすことはなかった。父親が公務員をしていたときは朝7時に起きて、夜11時に寝る。休日も同じ。3年前に定年退職してもそのスケジュールは変わっていなかった。

思えば、コウジは小さいときから父親が苦手だった。酒を飲んで暴力を振るうことこそなかったが、母親に対して暴言を吐き、いつも何かとケチをつけていた。子供に対しても同じで、叱ることはあっても愛情を示したことがない。常に自分が正しいと思い込んでいる。恩着せがましく、お前たちが普通の生活ができているのは自分が立派に稼いでいるからだといつも子供たちに言い聞かせた。おもちゃか何かを買ってもらうとそれをずっと引き合いにだされるので、むしろ何も買ってくれないほうがいいと思うようになった。

そんな父親を旅行に誘うことを考えただけで憂鬱になる。

(父親と会話することすらできていないのに、2人きりで1泊2日の温泉旅行だなんて……。ダメだ。絶対にできない)

とても3つ目の課題はできそうもない。

行動しようという気にならないまま1日、2日と過ぎ、そして1週間が過ぎた。

社長への直談判が断られてから、会社での意欲はすっかりなくなってしまった。明らかに社長の態度は冷たく厳しい。あの日から、社長はコウジの存在を無視するようになっていた。

挨拶しても無視され、命令や指示は秘書から伝えられるようになった。

(これじゃあ、ここにいられなくなるのは時間の問題だな)

社内で社長の不興を買ってしまい、追い詰められ、最後には辞めていった社員を何人も見てきた。今やっと彼らの気持ちが分かった。これはまさに会社地獄だ。

胸の奥ではやりきれない怒りが渦巻いている。

社長にあの提案さえしなければここまで関係は悪くならなかった。

そもそも、あんな課題を出すこと自体がおかしい。

(あの父親と旅行なんてきっと嫌な気分になるだけだ。いろいろなことを教えてくれた弓池さんには申し訳ないけど、こんなことをやらされるくらいなら、もう教えてもらわなくてもいいや)

できれば早く会社を辞めて独立してしまいたい。辞めようと思えばいつでも辞められる。居酒屋を成功させるノウハウはだいたい分かっている。弓池に教えてもらっても、教えてもらわなくてもそんなに変わりはない気がする。

とりあえず、紹介してくれた野島には気持ちを正直に話すことにした。大切な話なので、会って話そう。前に会ったのと同じ野島の店の近くのカフェで2日後に待ち合わせた。

その当日。オープンを来週に控えた町田店では、野島は大忙しの様子だ。そんな中で時間を取ってもらったうえに、話の内容も内容なので心苦しく思った。

「どうした？　コウジ、浮かない顔しているな」

「弓池さんから出された最後の課題にどうしても手が出ないんです。父親と2人で旅行に行くというものなんですが、どうしてもできないんです」

「そうなのか？　なんか簡単そうだけどな」

「父とは10年くらい口を利いていません。拒絶反応があるんです」

「10年も!?　そんなにか」

「はい。よく考えたのですが、課題をこなすのは無理です。3つ出されたうちの2番目の課題は大門フーズの社長に社員の卒業式をやることを提案するというものだったのですが、社長の地雷を踏んでしまって、いま大変なことになっているんです。社長が承諾しないことは最初から分かっていたんですけど。それもあって、3番目の課題も嫌な思いをするだけで終わるのは目に見えているんですよ」

「ほうほう。そうなのか……」

野島は腕を組み、何度もうなずいて聞いていた。

「このままだとあの課題をこなすのは無理そうです。僕も弓池さんに教えていただけないのは残念ですが、約束なので仕方ありません。でも、そうなると野島さんにご迷惑をかけるのではないかと思いまして。それが心配なんです」

「まあ、俺のことは気にするな。要するに、今のところ、コウジの中では弓池さんには教えてもらわなくていいって感じなんだろう。課題をやらされるくらいなら」

「はっきり言えば、そう考えています」

「こりゃ、すっげえ！」

野島が驚きに目を見張って突拍子もない声をだした。

「びっくりだな。俺は今、弓池さんという人を恐ろしいとさえ思うよ。あの人はマジですごいぞ」

「え？」

コウジには何のことだか理解ができない。

「お前も、これから俺が話すことを聞いたらびっくりするぞ。あのな、1週間くらい前に弓池さんから電話があって、きっとコウジがお父さんとの課題ができなくて、それで教えてもらうことをあきらめるだろうと言われたんだよ」

「えっ？　本当ですか!?」

「2つ伝言があるからちょっと待ってな」

野島はカバンからノートを取り出して読んだ。

「いいか、行くぞ。1つ目は『また同じパターンじゃない？』だって。これだけ言えばコウジは全て分かると言っていたけど、どうだ？」

「ええ、……はい……」

言葉が出なかった。やがて脳がゆっくりと働き始めて理解が始まった。

「ああ！　そうか!!　なんてことをしてたんだー！」コウジは頭を抱えた。

「どうした？」

今度は野島が理解できない番だった。

「同じパターンなんです。僕の。人生で何度も繰り返している。ああ、どうして気づかなかったんだろう、またやってたんだ」

コウジは野島に分かりやすく、権威者とのバランスを取ることに課題があって、壁を感じると何か提案する前からあきらめてしまうパターンがあることを説明した。

「なるほどなあ。そういうことだったか」

「はい。ああ、びっくりしました」

「なんか、笑っちゃうな」

2人で小さく笑った。

「僕は完全に弓池さんのことをあきらめていました。もうどうでもいいやって」

「それがお前のパターンなわけだな」

「まあ、そうなんですね。パターンだって知ってから考えると、弓池さんに新しい提案をするなり条件交渉をするなりできるわけですからね。そもそも、無理だとあきらめていました。それで2つ目ってなんですか？」

ドキドキする。

「ええと、『今すぐに電話するように』だって」

役目を果たした野島は店の準備に戻っていった。

1人になったコウジはしばらく呆然としていた。

3 心のマネジメント

コウジはすぐに電話できなかった。

弓池はこんな自分を見放さないだろうか。見放されるくらいなら自分から離れよう。そんなふうに考えてしまう自分に気づいた。すぐにそれさえも繰り返している自分のパターンだと気づいて、変えることにした。

「コウジです。野島さんから、伝言を聞きました。参りましたよ」

「ということはいつものパターンが出たんだね。まあ、うちにおいでよ」

どうやら弓池は怒っていないようだ。多少はあきれているかもしれないが、呼んでくれたということは見放されてはいないらしい。

落ち着いて考えると、父親との課題は、「2人きりの旅行」ではなく「家でお酒を飲む」など、もう少しハードルを下げてもらうとか、時間的に後にしてもらうなどの提案がいくつも思いつく。一方的にあきらめて、弓池との縁を切ろうとしていた自分が滑稽にさえ思える。

コウジは一度家に帰り、車に乗って教えられた住所に向かった。

横浜の港北ニュータウンは近年になって大規模な開発が行われた地だった。コウジは学生の頃に一度このあたりに来たことがあったが、記憶の中の街並みとは全く別のものになっていた。

大通りには大型店舗が並び、その後ろにはマンションが林立している。街自体に活気があり、住む人々の年齢層も比較的若いようだ。ちょうどコウジたちの年代にとって港北ニュータウンに住むことは憧れとなっている。

カーナビゲーションに従って、大通りから細い道に入った。夜のくねるゆるやかな坂を登ったそこは街の灯りを見渡せる高台になっていた。このあたりも最近開発された住宅地のようで、周辺の家々は真新しさが感じられる。

弓池の自宅はその中でもひときわ個性的なデザインの家だった。大きさという点では他の家と変わりはないが、地中海風のデザインで、家の正面から見ると玄関の扉をはさんで左は平面の塗り壁。右は曲線を描く石材の壁。玄関の前には太陽を模したオブジェが立っている。ずいぶん思い切ったデザインにしたものだ。もしかしたら奥さんのセンスかもしれない。いずれにしても、目立ってしまうことを恐れていたらこの家は建てられないだろう。

赤土色のタイルが敷かれたエントランスを登っていくと、温かみのある木製の玄関扉があり、小窓には蔓草《つるくさ》を模したアイアンの飾りが付けられていた。扉の横のライトも同じデザイナーの作品と思われる可愛らしいアイアンの支柱だ。細かなところにまでこだわっている。

チャイムを鳴らすと弓池と奥さんが出迎えてくれた。そして後から3歳くらいの男の子が走ってきた。

「コウジ、よく来たね。紹介するよ。妻の美晴《みはる》とこっちは長男の祐太」

「美晴です。初めまして」

澄んだきれいな声だった。笑顔が親しみやすく可愛らしい奥さんで、年齢は弓池と同じくらいに見える。

「中田功志です。どうぞコウジと呼んでください。会社でもコウジですので。祐太くん、よろしくね」

祐太は頭をちょっとだけ下げてママの後ろに隠れてしまった。

中に入るとまだ新築のにおいがした。大理石のアースカラーの敷石は弧を描いて並べられ、幾何学的な模様を描いている。正面の壁は石積みになっており、その右奥にリビングが見える。全体は南ヨーロッパ風のインテリアだ。木のぬくもりがコウジの好きな質感だ。

リビングの右奥はガラス張りになっていて、その向こうにあの赤いフェラーリが止まっているのが見える。リビングから眺められるようにとデザイナーに注文したのだという。部屋のインテリアがカーキやクリームの落ち着いたアースカラーなので、フェラーリの赤と調和している。

ここに連れてこられたら、誰でも主人が成功者だということが分かるだろう。

3歳の祐太は弓池にそっくりだった。1歳の子はもう寝ているという。

祐太は恥ずかしがって弓池の後ろに隠れたままだ。

「パパにべったりなんですね。うちはママにばかりですよ」

「私が家にいることが多いからかもね」

子供を抱き上げた弓池は母性を含んだ優しい顔になった。

メンタルブロック

弓池に促され、リビングのソファに腰掛ける。フェラーリが一番よく見える特等席だ。

「しかし驚きました。なんで僕が3番目の課題であきらめると分かったんですか」

「君にはお父さんとの関係で大きなメンタルブロックがあったからね。ちょっと難しい課題だったし、3つは多かったかなと反省してね。空中ブランコの安全ネットを用意したままでさ」

普通は1つか2つで、野島には1つだけだった。コウジの場合だけ、たまたま3つ頭に浮かんだらしい。

「今までにどんな課題を出したことがあるのかとても興味があるんですけど」

「ああ、野島くんには屋久杉を見てくるように言ったね。他には、富士山に登ってくるとかあったな。中古車屋さんをしていた子には24時間路上生活者と一緒に過ごしてくるようにって課題を出したよ。なあ美晴？」

キッチンで洗い物をしている妻の美晴に声を掛けた。

「そうだったわね。あの子はその日のうちに新宿に行ったわね」

ユニークな課題を思いつくものだ。

「あのう、すみません。〝メンタルブロック〟ってなんですか？」

「ああ、ごめん。メンタルブロックというのは、トラウマと同じで、心のブレーキになっているものさ。先に進もうとしてもメンタルブロックがブレーキをかけて、同じ行動パターンを繰り返させるんだ」

「そんなものがあるんですね」

「でも、人は無限の可能性がある。今までに同じことを3回も4回も繰り返していた人が、ふとした気づきでそこから抜け出して成長し始めることだってあるよ」

コウジには分かったような、分からないような感じだ。

そこへ美晴が抹茶のロールケーキと紅茶を持ってきた。

「さて、パターンを繰り返していたって分かった今、課題はどうする？」

「はい……正直に言いますと、父とは会話をしない関係になって長いので、少しずつ段階を踏んで歩み寄っていきたいと思っています。でも1年以内に必ず父親と2人で旅行に行くという課題に取り組みます。今はこの約束でお許しいただけたら嬉しいです」

汗が出てくる。この提案は電話を切ってからずっと考えてきたものだった。

「うん。分かったよ。それで手を打とう。君にとって本当に大きな壁だっていうことは分かっているからね」

「はい。どうもすみません」

コウジはほっとした。

「それにしても、ちゃんと提案できたじゃないか。成長しているね。さらに『……したら嬉しい』っていう〝おねだりで人を動かす方法〟もさっそく使ったし」

「はい。せっかく教えていただいたので、使ってみようと。こんな言い方をしたことがなかったので、勇気が必要でした」

「そういう相手には教えがいがあるよ」

弓池は抹茶ロールケーキを食べながら満足そうだった。

「それから、お父さんとの関係だけど、これだけは知っておいてね。これは根深い問題だからまた顔を出すだろう。でも、君は必ずこのパターンから抜け出せる。こうして向上心を持っているからね。後回しにすればするほど、それは大きなツケとなって君に迫ってくるんだ」

「そういうものなんですね。いつかは取り組まなければならないことは分かります」

「まあ、2つの課題はクリアしたから、これからは定期的に会って教えてあげよう。では君の希望を聞こうかな。私から何を一番学びたいのかな?」

「今はとにかく独立して店を成功させたいです。それについて教えていただければと思っています」

「君の場合、飲食店だよね。人がサービスの要だから、リーダーが知っておくべき**心のマネジメント**を教えてあげよう」

心のマネジメントという言葉がコウジの心に響いた。

「はい、お願いします!」

コウジはほっと胸をなで下ろした。独立して自分1人でもがくよりも、分かっている人に教えてもらったほうが早く成功するのは間違いない。

メンターから学ぶ秘訣

「それから、今後は私から課題を出さないからね。メンターは課題を出す人ではない。基本は君が報告や質問をして私から学ぶんだ」

「てっきり、これからも課題が出されるのかと思っていました。では、早速報告させてもらっていいでしょうか」

「いいよ。ぜひ聞きたいな。私は起業家から話を聞くのが大好きなんだ」

弓池は楽しそうだ。

「ええと、まず妻に相談する課題ですが、最初は反発されて喧嘩になりました。でも、その後で、とても重要なことに気づきました」

「何に気づいたの？」

「僕は会社で大変な思いをして働いていることを妻が分かってくれていないことに腹を立てていたのですが、よく考えたらそれを妻には話したことがなかったんです」

「それじゃあ、分からないのも仕方ないね」

2人は笑いあった。

「コミュニケーションって大切ですね。やっぱり話さないと分からないんですよね。スタッフとは密に取るようにしているんですが、妻とのコミュニケーションは疎《おろそ》かにしてしまいがちです」

「経営者には多いんだよ。ビジネスに夢中になって、成功した頃には家族と修復できないくらい心が離れてしまっていることに気づくんだ。君にもそんなにおいがしたからね」

弓池は軽く笑った。コウジも合わせて笑ったが、そうなっていたかもしれない未来を想像すると冷や汗が出るのだった。

コウジは前に会ってから聞いてみたいことがあった。

「随分と自由な時間があるようですがどうしてなのですか？」

「10代の頃から自分でビジネスを立ち上げてね。20代でその中のいくつかのビジネスを売却したことがあって、そのお金を投資に回しているんだよ。今は不動産や投資したビジネスからの収入があるから、ある程度時間が自由になる。いわゆる不労所得だね」

不労所得という言葉を聞いたことがあるが、実際にそれを手にしている人にあったのは初めてだった。ビジネスを成功させ、その先を行っている人なのだ。

「では、今は毎日何をしているんですか？」

「別に遊んでいるわけじゃないんだ。君とこうしているように、成功を目指す人たちに毎日のように会っているよ。君たちは未来の偉大なリーダーだからね。前にも言ったけど、私はビジネスを通して幸せと成功を手に入れる生き方を伝えたい。他の人の成功を手伝って成功していくという流れを世の中に作りたいんだ」

コウジは弓池が建前ではなく、本心から言っていると感じた。しかし自分には〝偉大なリーダー〟の資質などあるとは思えず、あったとしてもずっとずっと先のことで、雲を掴むような話にしか聞こえなかった。

すると弓池はこう言った。

「偉大なリーダーとは完成された人のことではないんだ。完成に向かって成長している人のことなんだよ」

「そういうものなんですね」

「ああ、いずれ分かるよ。そうだ。これから私が教えるに当たって、私が昔偉大な成功者たちから教わったメンターから学ぶ秘訣を教えてあげよう」

「はい、ぜひお願いします」

「まず、私から学んでいるときには自分に正直になってほしいんだ。**理解できなかったら理解できないと伝えること。頭で理解できても心が受け入れていなかったらそ**

れを伝えること」

「えっ!?　『心が受け入れていない』なんて言ってしまっていいんですか。うちの社長にそんなこと言ったら怒り出しますよ」

「ああ。確かにこれは教える側にとっても器が試されるね。その分、学びが多い。だからぜひ言ってほしい。そして、君にとっても思っていることを正直に言うことは本当に大切なんだ。私の話が君の中の古い考え方と衝突することがある。君がうなずいて聞いているうちは、私はちゃんと理解して、心でも受け入れているものだと思って先にいってしまうからね」

コウジは正直になることを約束した。

問題解決思考と責任追及思考

話を聞くのに夢中でケーキに手をつけていなかった。抹茶ロールケーキは口に入れると抹茶の香りと濃厚なクリームが溶けて広がった。小豆《あずき》も風味があって美味しい。上質な材料を使っているのだろう。

ひと息ついたコウジは、２番目の課題、社長に提案したことについて報告した。

話しながらコウジの胸にそのときのやりきれない怒りがよみがえってきた。社長が2人の店長を呼び入れて尋問した場面では弓池が大笑いした。

「他人ごとだと面白いね。そんな展開になったんだ」

「まさかあの場で直接問いただすとは思いもしませんでした」

「社長さんから学ぶことがいっぱいありそうだね」

コウジは耳を疑った。

「社長からですか？　問題がありすぎて学ぶことはあまりないと思いますけど」

「いやいや、確かに社長さんには問題はある。だからこそ学ぶことがたくさんあるんだよ。どこでも学ぶことはできる。良い例からだけではなく、悪い例からも学べるよ」

「反面教師というやつですね」

「そうそう。貴重な例を見せてくれているんだ。君がリーダーとして成功するために、身近なリーダーから学ばない手はないよ」

確かに社長は身近なリーダーだ。

「問題が起きたときに、解決するための考え方は、大きく分けると2つある。社長さんの方法は〝**責任追及思考**〟と呼ばれるものだ。誰が悪いのか、誰が問題を起こした犯人なのかを追及して責めるんだ。もう1つは、〝**問題解決思考**〟というもので、問題が起きたときに人を責めずに上手くいかなかった原因を見つめ、どうしたらその問題が解決できるかを考えるスタイルだね。ところで、コウジ、問題解決思考と責任追及思考とではどっちのほうが成功に役立つか分かるかい？」

「それはもちろん、問題解決思考だと思います」

「そう、正解。なんでだか分かる？」

「責任追及をしていたのでは、問題は解決しないから、でしょうか？」

「個人の責任を追及していても問題は解決することはあるよ。その人が問題を解決できればね」

「ああ、そうか」

「責任追及思考は、問題が解決するかどうかが個人にかかっている。それに対して、問題解決思考だと、個人に解決をゆだねずに関係者みんなで問題に取り組む。だから解決が早くて成功に役立つんだよ。1人の問題なのかそれともみんなの問題なのか。その捉え方の違いが解決のスピードに差をもたらすんだ」

「会社でも1人の問題だって捉えていると解決できないことが多いですからね。うちの社長は、誰か1人に解決させようとするんですよ。自分の仕事の尻ぬぐいを俺にさせるなと言われました」

「多分、社長さんは責任感の強い人なんだろうね。自分のことは自分でやることにこだわっているんだ」

「それはありますね。みんなの問題だと捉えればいいのに……。そうしたら全てが上手くいくと思うんですけどね」

「でもね、〝みんなの問題〟と捉えたからって必ずしも解決するわけではないんだよ。落とし穴が1つあるんだ。せっかくだから、今までのところも図を書いて説明しようね」

弓池はテーブルの下にあった紙を1枚取り出した。

「例を出して説明してあげるね。我が家では玄関に靴が履き散らかしになっていたんだ。時間とともに靴が増えていって、子供もいるから蹴飛ばされたりしてね。私はその問題が妻のものだと思った。片付けない妻を責めていたんだ。これが①**責任追及思考の他人責め**だよね」

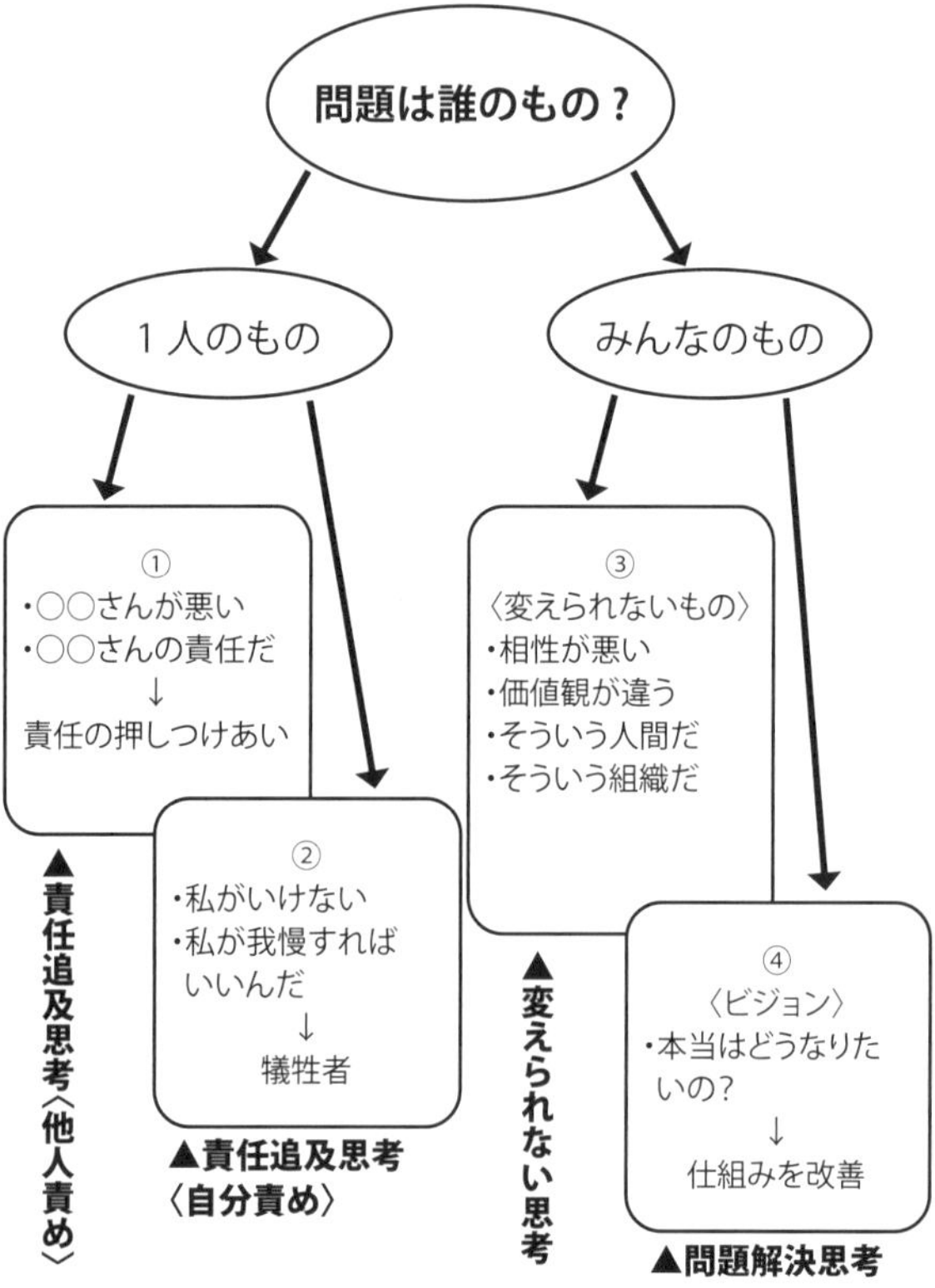
問題は誰のもの？
1人のもの
みんなのもの
①
・○○さんが悪い
・○○さんの責任だ
↓
責任の押しつけあい
▲責任追及思考〈他人責め〉
②
・私がいけない
・私が我慢すればいいんだ
↓
犠牲者
▲責任追及思考〈自分責め〉
③
〈変えられないもの〉
・相性が悪い
・価値観が違う
・そういう人間だ
・そういう組織だ
▲変えられない思考
④
〈ビジョン〉
・本当はどうなりたいの？
↓
仕組みを改善
▲問題解決思考

「へえ、そんなことがあったんですね」

弓池も普通の人なのだと分かってまた安心したし、親しみを感じた。

「ところが、妻も言い返してきた。『子供が2人もいるうえにあなたも脱ぎ散らかすじゃないの』と。私は妻にいちいち注意するのも疲れてしまった。それに妻も子育てが大変なのは分かる。いけないのは私だと気づき、自分がちゃんとすればいいんだと考えた。自分が我慢して靴を揃えれば問題は解決すると。これは②**責任追及思考の自分責め**で、私は犠牲者になっただけなんだね。自分を責めながらも妻のことも責めていた」

「はあ。そうなんですか」

「これだとだんだんとストレスが溜まってくるんだ。自分はいい夫を演じているのに、妻はいい妻ではないと見えるときがあって。ある日、これはおかしいぞと気づいた。私は犠牲者になることをやめたんだ。それで、そもそもこの問題は妻だけの問題でも、私だけの問題でもなく、夫婦の問題だと捉え方を変えることにした」

「夫婦の問題ですか。どうなったのですか？」

「そもそも価値観が違うことに気づいた。私は整理整頓が好きで、特に玄関は完璧にきれいにしておきたいんだ。でも妻は少しくらい散らかっていても気にしない。夫婦の相性が悪いのではないかと考えたんだね。時には私は離婚を考えたこともあった。もちろん、玄関の靴だけじゃないけどね。同じような問題がいくつも表面化していたからね」

「離婚ですか!?　それは大事になりましたね」

「でも妻には言わなかったよ。私もこんなことくらいで離婚するなんてバカらしいと分かっていたから。このとき私は**変えられない思考**に陥っていたんだね。そもそも妻はそういう人間で、私とは違うと。価値観が違うということは相性が悪いのだから何を言っても無駄だと感じた。変えられないものにフォーカスすると無気力になるんだよ」

「〝変えられない思考〟っていいネーミングですね。そうか、落とし穴ってこれのことですね。変えられないことにフォーカスしてしまう」

「そう。で、あるときに何でそんな離婚という選択肢を考えるようになったのかを考えたんだ。問題は夫婦のものではあるんだけど、変えられないものに焦点を合わせてしまったからだと気づいた。そもそも価値観なんて違うに決まっているし、相性がいいか悪いかなんてことは成長すれば問題でなくなるからね。人間的に成長すると、いろんな人と付き合えるようになるものだから」

「はい……」

「もともと、私たち2人はどんなビジョンを思い描いて結婚したのかということを考えたんだね。2人で幸せな家庭を作りたかった。そのために自分たちの理想の家を建てたんだ。それなのに、家のことで離婚を考えるなんてバカらしいことだ。本末転倒もいいところさ」

「そうですよね」

「そのビジョンにフォーカスしたら、どこを改善したらいいかが見えてきた。妻ではなく家だったんだよ。靴箱が狭いという根本的な原因に気づいてさ……家族も増えたから入りきらなかったんだよ」

「ええっ!?　そんなことだったんですか」

コウジはなんでそんなことに気づかなかったのかと笑ってしまった。

「人ではなく、仕組みに問題があった。それで大工さんに頼んで大きいものに作り替えてもらったんだ。そうしたら、玄関がすっきりしたわけ。まあ、散らかっているときはあるけど、随分改善されたよ。それに、2人で幸せな家庭を作りたかったというビジョンを思い出したら、少しくらい散らかっていることなんて大した問題だと感じなくなったんだよね」

「へえ、玄関の靴からそんなところにたどり着いたなんてすごいですね」

「妻の責任を追及し続けていたら、きっと今も玄関は散らかっていただろうね」

コウジは、コンサルティング会社で働いていたときにも同じようなことを教わっていたことを思い出した。

「クライアントの会社に行ってみると、原因を作った犯人をみんなで責めているってことがよくありました。会議で誰が悪かったのかという責任のなすりつけ合いをやってしまうんです。そこで僕たちが、起きてしまった問題を責めても解決しませんので、まずは目の前の問題をどう解決できるかを話し合って、その後で、どうシステムを変えたら同じ問題が起きないかを考えましょう、と促すんです」

「それは素晴らしいね。いいことを学んだね」

「本当に、誰かを責めてもしょうがないんですよね。頭では分かっていても、ついやってしまいます。特に妻には……」

弓池と2人で顔を見合って笑った。

困った出来事の捉え方

この時間が刺激的で楽しかった。前のときもそうだったが、弓池と話すと普段はあまり動いていない脳の部分が活発に動き出すのだ。こうだと思っていた既成概念が覆される。全く違った出来事の見方を教えられる。すると一時的に思考が混乱する。その間にシナプスの接続が変わり、世界が違って見える。成功者とはこういうふうに世界を見ているのかと、その風景に感動するのだった。

弓池は最後にまた大切なことを教えてくれた。

「それから、成功を目指すコウジに知っておいてもらいたいことがある。これからたくさんの〝困ったこと〟が起きてくる。それをどう捉えるかで君が成功するかどうか、チームが成功するかどうかが左右される。君は困ったことが起きたら、どう捉えているかな？」

「できるだけポジティブに捉えるようにはしています」

「ポジティブに捉えるとはどういう意味？」

「ビジネス書によく出てきますが、出来事のマイナス面ではなくプラスの面を捉えるというやつです。たとえば、僕は3つ目の課題ができませんでした。それについて負い目を感じています。でもプラス面としては、それでも教えていただけるわけですから、ラッキーだなと。そっちを見るようにする、みたいな感じです」

「君はそれが習慣にできているんだね。とても素晴らしいね！　ポジティブシンキングは、プラス面を見ることで、ポジティブな感情になることができる。前向きでいられるから結果もよくなるね。でもね、もっといい方法があるんだよ」

「そうなんですか。知りたいです」

「まず、ポジティブに捉えることの限界を考えてみてごらん」

「時々思うのは、どうしてもポジティブに捉えられないことがあるんです。そういうことでしょうか」

「うん。それもあるね。他には、楽観的になって将来の問題に注意しなくなるということがある。それよりも最も大きな問題は、マイナス感情から切り離されて、それを感じられなくなってしまうことだ」

「それはむしろいいことではないのですか？　何か問題があるんですか？」

「もし君がそうなると、人とつながりにくくなる。マイナス感情を抱えている人に共感できなくなるし、相手も君とつながれないと感じる」

「それはありますね。マイナスなことを言う人は基本的に苦手ですね」

「なぜなら、君が成功するためにポジティブシンキングを徹底してきて、プラスの感情だけを持つように努力してきたからなんだよね。ところが、否定しているネガティブな自分と同じ人物が目の前に現れたときに嫌な気持ちになるんだ。でも、君はそれだけ成長したいっていう想いが強い人なんだけどね」

「そう言っていただけると救われます」

認められてコウジの胸が温かくなった。

「それでね、もっと役に立つ方法というのはね……」

コウジは興味を引かれてペンを持つ手にも力が入った。

「困った出来事が起きたら、『**私は何を学ぶためにこの出来事を体験しているのだろうか？**』と自分に問いかけるんだ」

コウジはノートに書いた文章を味わった。

「なんだか不思議な質問ですね。〝何を学ぶために〟ですか。そんなふうに考えたことはありませんでした」

「不幸が起こったのではない。**自分が常に成長するために最適な出来事を引き寄せているんだ。**この質問を続けていくと、全ての体験を選んでいるのは自分だという認識が育っていく」

「全ての体験を選んでいるのは自分なんですか……すごいなあ」

「そうだよ。ついには自分が意図しない出来事は何も起きていなかったし、起きることがないという確信に変わる。その状態を悟りと呼ぶ人もいるね」

「自分が意図しない出来事は何も起きないんですか!?」

コウジは弓池の言葉に違和感を覚えた。不快感にも近い。しかし、それは自分が未熟だから感じてしまうのだろう。

とにかく今度困った出来事に遭遇したら質問を試してみようと思った。

1回目のレクチャーはこれで終わりだった。

コウジは、脳が新しい情報で限界いっぱいになっているのを感じた。

「さて、課題は出さないから、自分で何か考えてやってきて報告してごらん。ではまた来週の水曜日に会おう」

「はい、ありがとうございます。よろしくお願いします」

厚くお礼を言って家の外に出た。

ひんやりとした秋の夜風が心地よかった。月は姿を隠し、都会の夜空に似つかわしくないほど星がきらめいている。

弓池が安全ネットを用意しておいてくれて本当に助かった。メッセンジャーをしてくれた野島にも感謝した。

会社のことを考えると気が重たいが、会社を辞めるという決心はついていた。

自分の店を作るのだ。

課題が決まった。これから独立してどんな店を作りたいのかを考えてこよう。それを次回に聞いてもらおう。自分で課題を決めるのもいいものだ。やる気が出る。

「よし、やってやるぞ！　待ってろ!!」

街の灯りに向かって叫んだ。体の中で血が熱くなるのを感じた。

コウジはそれからというもの、どんな店にしようかと四六時中考えるようになった。

ああしたい、こうしたいというアイディアがわき出し、モチベーションが高まってくるのを感じた。通勤電車に乗っている間は特にいいアイディアが出てくる。仕事中に思いついたものは休憩時間にこっそりノートを広げて書き記しておいた。寝る前に考え始めると興奮して眠れなくなることもあった。今まではストレスで眠れないことはあったが、こんな楽しいワクワクした気持ちで眠れないのは久しぶりだ。

1週間もするとだいたいの構想が固まった。

作りたいのはお客様がリピートしてくれる店だ。スタッフが常連のお客様の好みを覚えて、人と人の付き合いができる。居心地の良さを追求して、〝家で飲むよりも落ち着ける空間〟を目指そう。

店の内装のイメージは最初から決まっていた。古民家の古材を使ったモダンなデザイン。オープンキッチンで、お客様は料理人の姿が見え、料理人はお客様の喜んでいる姿が見える。

フードメニューは旬の素材を使った和食で、調味料の味ではなく素材の持ち味が分かる料理を出したい。仕入れた食材からメニューを考える。だからその日にならないとメニューは決まらない。それがお客様にとっては楽しみにもなるだろう。

ドリンクは、ショットバー並みに揃える。普通の居酒屋で出すような簡単なカクテルではなく、本格的なもの。作り方にもこだわりたい。たとえば、氷はいったんマイナス40度で締めて溶けにくくする。食器や箸にもこだわる。

そうやって細部にわたって店の中の様子を思い描いていると、お客様と働くスタッフの笑顔までが想像できるのだった。

きっとマスコミや情報誌の取材も来るだろう。自分の店が記事になる。自分のインタビューが紹介される。コウジはそのページを思い浮かべてうっとりした。

新しい質問と3つの意識

いつもと変わらない忙しい毎日だ。店舗を回り、やるべき事務作業をこなした。嫌なこともいくつかあった。相変わらず社長の対応は冷たかった。店舗ではいくつも問題が発生していた。

「私は何を学ぶためにこの出来事を体験しているのだろうか？」という質問を使ってみたが、すっきりする答えは得られなかった。それはコウジのほうに原因があった。違和感を突き詰めて考えると、質問自体にどうしても納得できないところがあったのだ。

だがそれを弓池に伝えることは、最初に約束したものの気が引ける。日曜日は家族と近くのショッピングモールに行って子供たちと楽しんだ。気づけばあっという間に1週間がたった。

「あの質問は使ってみたかい？」

翌週のレクチャーで弓池のほうから聞いてきた。

「それが……使えていないんです。心まで受け入れられない部分があるというか、いささか危険な考え方ではないかと思えてしまうんです。……こんな生意気なことを言ってすみません」

「いいんだよ。流してしまわずにちゃんと受け入れられないことを伝えたことは素晴らしい。これからもそれを続けていけばどんどん成長するよ。ところで、具体的にどんなときに危険な考え方になるのかな？」

「たとえば殺人です。暴行でもいいし、要するに犯罪行為に関してです。自分がその被害者だったら、どう考えても答えは出てこないと思うのです。ひねくれ者ですみません」

「いいんだよ。なるほど。どんな場合にこの質問が使えないかという〝例外〟を先に考えたんだね。素晴らしい。それは頭がいい人しかできないんだよ」

まさか褒められるとは思わなかった。

「この質問には〝ある前提〟があるんだよね。それは人間の心は何層にもなっているという前提だ」

弓池は3つの意識について説明してくれた。

意識……思考であり、知覚し考えている自分のこと。

潜在意識……過去のデータが蓄えられている。主に危険や苦痛から守るために働いている。

神性意識……全ては1つであることを知っている意識。それを体験するために出来事を起こす。

初めて聞く言葉が多くて半分は頭を素通りしている感じだが、意識にも色々なものがあると聞いて少し納得した。

「つまり、出来事を選んでいるのは意識だけではなく、潜在意識や神性意識の場合もあるということなんですね」

「そう。正確に言うと、ほとんどの場合は意識では出来事を選んでいないだろうね。

君があの人生のパターンを繰り返すのは潜在意識の働きだろう。過去に経験したデータから今以上の苦痛を避けて君を守ろうとしている。その一方で、私に引き合わせたり、課題に取り組み社長と衝突することで自分が繰り返しているパターンをしっかり認識させようとしているのは神性意識の働きだろうね」

納得できた部分も増えたが謎も増えた。

「でも、どうしてそれが神性意識の働きか潜在意識の働きかを区別できるんですか？」

「君は本当に鋭いところを突くね。それは実は分からないんだよ」

「えっ、分からないんですか!?」

「ただ自分はどこかの意識レベルで出来事を選んでいるということだけ受け入れておけばいいんだ。あとはゆっくり考えて自分なりの理由探しをすればいいんだよ」

コウジは腕を組んだ。

「本当にどんな出来事でも、ですか？　犯罪に巻き込まれることも、災害に遭うことも、病気や事故で若くして死ぬことも、３つの意識のどこかで選んでいると？本人が自分を守るためとか全ては１つであることを体験するために選んでいるわけですよね？　何でそうなるかっていうのは分からないんですか」

「潜在意識と神性意識は意識レベルでは認識できないので、まるで自分では選んでいないように感じるし、その理由はなかなか分からないけどね。考え続けているうちにだんだんと見えてくるものさ。自分で納得できる答えを出せたときに、君は魂が震えるような感動と喜びを味わうよ」

「はあ～……すごい話ですね。で、また疑問が浮かんでしまったのですが……。なんで全ては1つである自分を体験するために病気や犯罪や戦争が必要なんですか？　むしろ、そういうものがあるからこそみんなが苦しんでいるように思えるのですが」

「自分も全ては1つであることを体験するには、それとはかけ離れたように見える出来事が最高の背景になるからだよ。白い点が際立つには何色の背景がいいか分かるかい？」

「それはもちろん黒ですよね」

「そう。コントラストだからね。もし、白の中に白があっても見えないだろう。今まではバラバラにしか見えなかった中に、全ては1つであるという秘密を見つけて、自分の振る舞いを選んだときに、全ては1つである喜びを実感できるからだよ。それが生命のプロセスの中に隠された感動というものさ」

「はあ〜……深いですね」

弓池のように成功した人がこんな神秘的なことを当たり前のように語るのを聞いたのは初めてだった。もし、成功していない人から聞いていたら、全く違う捉え方をしていただろう。

失礼な質問にも全く動じない弓池の姿から、確信めいたものが伝わってくるのだった。

自分なりの理由探しをすればいいと分かったので、あの質問を使ってみようという気持ちになっていた。

「深い話で疲れただろう。よかったら、晩ご飯を食べていきなよ」

申し訳ないので断ろうと思ったのだが、すでに美晴がダイニングテーブルにコウジの分まで用意していた。

子供たちがお客さんに興奮している。特に3歳の祐太はヒーローものが大好きらしく戦ってくれとせがんだ。最初は遠慮がちに、そして相手をしてくれる人だと分かると足に絡みついてきた。

難しい話で硬直した脳の休息にはちょうどよかった。

食事が始まるまでコウジは悪者になって何度も斬られたり、撃たれたりして床に倒れてあげた。仕事が忙しくて自分の子供にはこうして遊んであげたことがあまりない。

オムライスにサラダとスープ。オムライスはエビ入りのデミグラスソース味、その上に、とろとろの半熟の卵がかかっている。

「これは美味しいですね！　本当に美味しいですよ」

「よかった。お世辞でもお店をされているコウジさんに言ってもらえると嬉しいわ」

美晴が喜んだ。コウジはお世辞ではないことを伝えた。

「うちでは人気メニューなんだよ」

弓池はそれだけ言うと美味しそうに黙々と食べている。祐太もその隣で口の周りをソースで派手に汚しながら食べている。1歳の赤ちゃんはベビーチェアに座って、美晴に食べさせてもらっていた。幸せを絵に描いたような光景だった。

食事が終わり、美晴が良い香りのする美味しいダージリンティーを入れてくれた。

「そうだ。弓池さん、自分で課題を考えてやってきたんですけど。今発表してもいいでしょうか。店のイメージを考えてきました。まだ物件が決まっていないので、だいたいのものなんですけど」

「もちろん」

「へえ、ぜひ聞きたいわ」

美晴も興味があるようだ。

コウジはノートを取り出して読み上げた。聞き手の2人は相づちを打ちながら最後まで聞いてくれた。途中で祐太が会話に入れないので自分が知っているウルトラマンの話を持ち出した。みんなでできるだけ話の仲間に入れてあげるようにした。

「いいねえ。実に良さそうな店じゃないか」と弓池が感想を言うと、「うんうん。完成したらお客様として行きたいわね」と美晴も同意してくれた。

「そう言っていただけると嬉しいです。ぜひいらしてください」

祐太まで「祐太も行きたいッ!」と叫んで、みんなの笑いを誘った。

弓池とコウジの2人はリビングのソファに移動した。美晴は邪魔にならないように子供たちを別の部屋に連れていった。

会社を辞めて独立するルール

弓池が会社を辞めるときの注意を教えてくれた。

「辞めるときには、自分の行動が後々どんな影響を与えるかを考えて行動したほうがいい。独立するときに、売上がほしいからと前の会社からお得意さんを持っていくことって多いよね。それについて君はどう思う？」

「そういうのはしたくないです」

「私もそう思うんだ。会社にできるだけ不利益を与えないようにしたほうがいい。それをやると因果応報じゃないけど、自分も後で同じような目に遭うからね」

「同じような目……とはどういうことでしょうか」

「君の部下が独立するとき、君の顧客を奪っていくということだよ。**部下は上司の生き方に倣《なら》う**からね。『私は独立するときに前の会社のお客様を奪わなかった』と胸を張って言えるようにしたらいい。だからすぐ近くに店を出すのもやめたほうがいいね。顧客を奪うことになるから」

「自分はお客様を奪ってきたのに、部下にはするなって言うのも矛盾していますからね。分かりました。では、仕入れ先を使うのはどうですか？」

「仕入れ先は会社にとって特に損害にならない範囲ならばいいと思うよ。もし仕入れる商品が特別に希少なもので奪い合いになるものだったら手はつけないほうがいいけどね」

「うちの会社ではそれはないです」

「会社も同じところから仕入れるな、なんて文句をつける筋合いはないだろう」

「ついでに聞いてもいいでしょうか。人材はどうですか？　社員やアルバイトを引き抜くことに法律とか制限はありますか？」

「法的には、引き抜きの説得をするときに事実ではない誹謗中傷、たとえばもうすぐ会社が潰れるなんて言うのは違法だけど、それ以外の普通の引き抜きは違法ではない。そもそも誰でも職業選択の自由があるからね。

　ここからは私個人の意見だけど、自分が手本として示したい生き方によって決めればいいと思うんだ。雇ってくれた会社に損害を与えないために大門フーズの社員を引き抜かないことを選ぶのもいいし、あくまでそれはその社員本人の自由意思だという考え方で引き抜いてもいいと思う」

「どんなお手本を示したいかですね。そうですね、僕はもし自分が経営者になったときに、社員が引き抜かれて辞めるというなら、それはそれで仕方がないと思います。社員の立場として考えたら、働いている会社が魅力的だったら引き抜かれませんよ」

「君がその信念を持っていればきっといい会社ができると思うよ」

弓池は頼もしそうにコウジを見た。

コウジはカバンにノートとペンをしまいながら今後のことを考えていた。

自分の店を出すために重要なものは、場所とスタッフと資金を揃えること。どれもなんとかなるだろうと目論んでいる。一番大きな問題はどう会社を辞めるかだ。

「おいおい、コウジ。戦争に狩り出されたような顔しているぞ。死ぬわけじゃないんだ。そんなに社長さんから嫌われて無視されているくらいなら、辞表を出したら喜んで受け取るんじゃないの？」

「それが違うんですよ。会社から社員が離れていくのが許せないみたいで……」

「ふうん。不思議だね。あ、それから、奥さんとのコミュニケーションを忘れないようにね」

「はい。分かりました。妻に話します。今日はありがとうございました」

コウジは美晴にもお礼を言って、弓池の家を後にした。

「うわ、寒い」

外の空気はまるで冬のようだ。まだ秋なのに吐く息がうっすらと白い。過熱した頭を冷やすのにはちょうどいい。さっき頭上にあった三日月が雲の陰に移動していた。


家に帰って琴美に会社を辞めて居酒屋を始めようと思うと伝えた。

驚く様子はなかった。この前の話し合いで予想はついていたようだ。

琴美に初めて店のイメージを話した。コウジの気分も盛り上がってきた。

「じゃあ乾杯しないとね」

琴美が冷蔵庫から缶ビールを持ってきて、２人で乾杯した。

「でも、お金は大丈夫なの？　貯金は全然ないよ」

「まあなんとかするよ」

心配されてせっかく高揚した気分が急速にしぼんだ。なぜだか分からないが心配されると腹立たしくなる。

1人で風呂に入っているときに今日教えてもらった質問を使ってみた。

「私は何を学ぶためにこの出来事を体験しているのだろうか？」

視点が切り替わるのを感じた。腹立たしさと一体だった状態から、学びのモードに変わった。そして、〝心配〟と〝攻撃〟は違うことを学ぶため、という答えが浮かんだ。

責められたような気持ちになっていたが、琴美は決して責めたのではない。それに気づくとかなり気分がよくなった。

辞表提出

社長の部屋の扉をノックする手が震えた。左手には昨晩書いた辞表を持っている。コウジのポケットにはいつでも110番に電話できるように番号をセットした携帯電話が入っている。

入室すると老眼鏡を掛けて報告書に目を通していた社長が顔を上げた。

「ん？」

「お忙しいところすみません。今日は大切なお話があって来ました」

あまり好ましくない内容を感じ取った社長の眉間にしわが寄った。大切な話と言えば、そう種類は多くない。

「よく考えたのですが、この会社を辞めさせていただこうと思います」

辞表を差し出した。社長が受け取らなかったので、とりあえず机の上に置いた。

社長は腕組みをしたまま、息だけでうなった。しばらく何かを考えている。いつもなら怒りが爆発して、怒鳴って殴るのだがそうはしなかった。

「会社の誰かに言ったか？」

「いいえ。まだ誰にも言っていません」

「よし分かった。会社を完全に辞めるまで社内の誰にも言うなよ。明日から店舗に入って働け。辞めるまでな」

指示されたのはすでに閉店が決まっているカラオケ店だった。そこの店長をするように言われたのだった。

「それから、辞めるときに誰も連れていくなよ」

承諾せざるを得ない雰囲気だった。料理長に佐野を誘いたいと思っていたがあきらめよう。

「分かりました」と返事したコウジは、深々と頭を下げてから退室した。

警察に連絡する準備までしていたのだが、肩すかしを食らった。

とにかくコウジは緊張から解放され、肺に溜まった重たい空気を吐き出した。

（これでこの会社を辞めるんだ）

心の中でつぶやくと、びっくりするほど肩が軽くなった。

次の全体ミーティングで社長の口からコウジの人事異動が発表された。営業部長として責務が果たせていないので降格すると発表された。会社としてはそういうしかないだろう。さらに、会社の業績の悪さはコウジの責任だと責め立てた。いつもの責任追及思考だ。

（なんて愚かなんだ。責めるんじゃなくて、逆に感謝したらいいんだ。そうしたらこれからも社内で働く社員たちは会社のために頑張ろうという気持ちになるのに）

同期会とタロット占い

カラオケ店に異動になってから1週間がたったが、毎日が大忙しだった。というのも、驚いたことにアルバイトが1人もいないのだ。開店から閉店までコウジが全ての業務をこなさなければならない。掃除、受付、部屋までの案内、ドリンクやフードを作って各部屋に届ける。

前の店長がアルバイトと喧嘩をして全員が辞めてしまったらしい。3か月後には閉店が決まっているので、アルバイトの募集はしない。

それでも社長のプレッシャーがない状態になり天国のようだと思った。

1か月がたった頃、高校時代のサッカー部の同期会があった。同期会と言っても毎年みんなで集まっての飲み会だ。

会場は地元である厚木の居酒屋で、今日集まったのは13人。このメンツが集まるとみな学生に戻ってしまう。部活の苦しかった練習や地獄のような合宿を耐えて強い絆で結ばれていた。

コウジにとっては、彼らは心許せる大切な仲間だ。仕事で行き詰まったときには、いつもこの仲間が心の支えになってくれた。

乾杯の後に1人ずつ最近の仕事や家族の事情について報告するのがいつもの流れだった。

子供が生まれた、仕事が転勤になった、家を買った、離婚した。それぞれが人生ドラマの中にいる。

　コウジはみんなの報告を聞きながら、独立することを話したらみんながどんな反応をするのかワクワクしていた。

　いよいよ自分の番が回ってきた。

「今度、会社を辞めて独立します！」

「おおー！」

　テーブルが拍手と歓声で沸き立った。

「社長になるのか、すごいな」「すごいすごい！」「コウジは自分で何かやるタイプだと思っていたけど。ついにやるのか！」「俺も雇ってもらおうかな」

　口々に褒められおだてられていい気分だった。

　このメンバーの中では自分で会社を起こすのはコウジが初めてだ。ちょっとした優越感だ。

「ところで、どんなことをするの？」

「うん、居酒屋をやろうと思ってさ」

「居酒屋!?」

みんなが店内を見回した。

その店は初老の夫婦が経営している居酒屋だった。夫婦の他はアルバイトが1人いる小さな店だ。宴会席はコウジたちが使っている部屋だけで、あとはテーブル席が20席ほど。毎年同期会はこの店と決まっていて、もう10年は使っているが、どう見てもあまり儲かっているようには見えない。

みんなが大丈夫なのかと心配しているのが分かった。

コウジたちの高校は進学校だった。大半が世間で名の通った大学を卒業し、それなりに有名な企業に勤めている。彼らには上場企業を辞めて居酒屋を始めるコウジが理解できないのだ。

コウジは店の構想を話した。安っぽい居酒屋ではないことを分かってもらいたかった。しかし、それに対する反応もコウジが期待したものではなかった。

「良い店だと思うけど、今の時期には難しいだろうな」

「不景気だから飲食店は影響をもろに受けているっていうよ」

「せっかく上場したばっかりの会社に入っているのにもったいない」

「こんな不況のときに借金してやるのはどうかな」

そんなひと言ひと言がコウジを打ちのめした。

「大丈夫だよ。成功してみせるよ」

笑顔を作ったが、ほほがぴくぴく引きつるのが分かった。

「じゃあ、次行こうか」

コウジは早く話題を変えたくて隣に話を振った。

次の報告は結婚の報告だった。みんなは拍手で大いに祝福し盛り上がった。

コウジも笑顔で祝福したが、その場を楽しむことができなくなっていた。

みんなの心配した表情、言葉の1つひとつが心に焼き付いている。

居づらくなったコウジは1次会で帰ることにした。開店の準備があるからという理由は、コウジの精一杯の強がりだった。


通りに出ると1杯引っかけたサラリーマンたちがいた。彼らは会社で正しい社会人として過ごしているのだ。自分の年齢を考えれば、もう大企業の一線で働くサラリーマンには戻れないだろう。そう思うと、自分が人生の正しい道から外れてしまったようで恐ろしくなってきた。

いつものように夜空に月を探したが、ビルの陰にあるのか見つからなかった。

重たい気持ちで駅に向かって歩いていると、閉まったシャッターの前に座る占い師が目にとまった。小さな机の上には〝タロット占い〟という立て看板がある。

コウジは生まれて初めて未来を占ってもらいたいと思った。

その占い師は50歳くらいの女性だった。白髪の混じった髪を紫に染め、両手に色とりどりの指輪をはめていた。卓球のボールくらいある星形の水晶のネックレスが目を引いた。

「どうぞ。お悩みのようですね。おかけください」

女性の声は落ち着いていて安心感を与えた。コウジは折りたたみ式の椅子に腰かけた。

「何を占いますか」

「独立しようとしています。それが上手くいくのかどうか、見てもらうことはできるのですか？」

「はいできますよ。このご時世ですからね、いろいろと情報は集めたほうがいいでしょうね」

コウジは占い師が示した料金表の金額を払った。

「このタロットカードを十分だと思うまでシャッフルしてください」

カードの束は手に持つには大きく扱いにくかった。

「では、現在のあなたのカードと未来のカードを1枚ずつ引いてください。最初は現在のあなたのカードからどうぞ」

言われるまま適当に1枚のカードを引いた。2人の天使が戦っている絵だった。

「ふんふん、これが象徴しているのは、あなたの中で2つの想いが戦っている、ということかもしれません」

コウジの心境を当てていた。

「さあ、次は未来のカードを引いて」

今度は、門の向こうが炎の壁になっていて、その前に門番らしき者が立ちふさがっているカードだった。

占い師が難しそうな顔をした。

「相当苦労するでしょうね。始めてもいいけど、この炎の壁のような妨害が待っています」

「えぇっそうなんですか!?」

暗い気持ちになってきた。絵の炎はいかにも熱く、通ることが難しそうだ。

「ええと、独立して何をされるおつもりですか?」

「居酒屋なんです」

「ああ、それは難しいでしょうね。何もこんな不景気に水商売なんてしなくてもいいでしょう。他にもっと儲かりそうな商売を探してみたほうがいいんじゃないの?」

占い師は近所のおばさんのような馴れ馴れしい口調になった。

うんざりしてきた。さっきも同じようなことを部活の仲間から言われたばかりだ。

「ここでは長く話せないから、もっと時間をとって詳しく鑑定してあげましょう。独立するにも始める時期や方位というものがありますからね。千客万来の日にちを見てあげましょう。私が鑑定して大成功した事業家さんが何人もいるのよ」

渡されたチラシには占いの館として、昼間に営業しているマンションの住所と2時間10万円という鑑定料が書かれていた。

「結構するのですね」

コウジのひと言に占い師の目が三角になり強い口調に変わった。

「あなたね。事業にいくら投資するの？　お店を出すには何千万も掛かるんでしょう。ろくに調べないで投資するほうが危険でしょ!?」

強く押されて、一応鑑定してもらおうかなという気持ちになってきた。

占い師はいつ来るのかと手帳を広げてスケジュールを決めようとする。強引な流れに不安を感じたコウジは、また連絡しますと言ってその場を立ち去った。

激しく動揺していた。

成功を左右する目に見えない法則があって、それを自分は全く知らないという心細く、頼りない気分だ。

昔、本で読んだ言葉を思い出した。壁があまりに多いときは、その道に進むなというサインであると。

試しに「私は何を学ぶためにこの出来事を体験しているのだろうか？」と自分に問いかけてみた。すると、これはやらないほうがいいというメッセージに気づくことなのかもしれないという考えが浮かんだ。これも信じていい直感なのだろうか。

妨害は何のサイン?

今日は仕事が休みなので、昼間の時間を使って、候補地を歩いたり不動産屋を訪れたりして、物件を探した。夜には弓池のレクチャーがある。

時折、同期の仲間たちからいわれた言葉やタロットカードの恐ろしい絵柄が頭に浮かんでくる。すると、どの物件も成功しそうにはないように思えるのだった。

やがて他人の言葉や占いで気分を左右されている自分に腹が立ってきた。

(自分はなんて弱い人間なんだろう。こんなので成功するわけない)

そんな自分をいじめ抜くように歩き続けた。その疲れは嫌な気持ちを忘れさせてくれた。

夜になって弓池の自宅を訪れた。

6時間も歩き回って足が痛い。明日は筋肉痛になるだろう。

「よく来たね。待ってたよ。さあどうぞ」

出迎えてくれた弓池の笑顔が今日は重たく感じた。

殴られずに辞めることができたこと。カラオケ店に異動になったこと。物件探しを始めたことを報告した。

「なんか悩んでいることでもあるみたいだね」

弓池が唐突に言った言葉が占い師に掛けられた言葉と似ていて、またタロットカードの一件を思い出してしまった。

「えっそうですか？　そんなことはないですよ」

有益な時間を過ごしているし、順調に準備が進んでいると見られたくて、とっさに嘘をついてしまった。そんな自分に気づき、あわてて正直になろうと軌道修正した。

「すみません。実は何人かに独立することを話してみたんですけど、必ず反対されるんですよね」

「そうだろうね。こんな不景気に独立するなんて正気じゃないね。しかも家族もいて、上場企業を辞めてやるのが居酒屋だしね。水商売だよ、水商売」

そのひと言ひと言がコウジの胸に突き刺さった。

弓池を見ると意地悪そうな笑みを浮かべていた。

「……まあそんな感じのことを言われました」

「なるほどね。そうやってみんなに叩かれたんだね。で、へこんだと」と弓池は笑った。

「はい。へこんでいます。タロット占いでは、炎の壁が待っていると言われました」

「ふーん。炎の壁ねえ。待っているんじゃなくて、今まさに現れていると思うけど」

「そうですか？」

「君が今へこんでいることが炎の壁なんじゃないの？」

その言葉ではっとした。

「……ああ、考えてもみませんでした。もっと未来に待ち受ける問題なのかと。これはやるなというサインなのかなとも考えてしまいました」

かぶりを振った弓池は強く言った。

「いやいや、**自分が本当に望む夢にこそ壁は多く現れるもの**なんだよ。そして、**壁が現れたということは成長してその妨害を乗り越えろというサイン**なんだ」

「ええ!?　そうなんですか……そんな捉え方は思いつきもしませんでした」

「そうだよ。だってちょっと考えてみればすぐに分かるよ。壁が現れてすぐに引き返していたら実現する力は身につかないだろう？　スポーツでもちょっと壁に当たったからといって、他のスポーツに乗り換えていたらいつまでたっても上達しない」

「そう言われると、その通りですね。なんだか、元気が出てきました」

同じ出来事でも捉え方を変えるとこんなに気持ちも変わるとは驚きだった。

愛の輪

「それから、君が反対されてへこんだという話だけど、人とは違う道に進もうとする人はみんな経験することなんだよ」

「そうなんですね。自分の弱さを感じました。そんなことで影響を受けてしまう自分に腹が立って、今日は6時間も歩いたんです」

「自分を罰したんだね。君はとても頑張っているんだからもっと自分に優しくしてあげなよ」

そのひと言で胸が温かくなった。

「ありがとうございます。でも、ときどき今回みたいに自分の弱さが出てくるんです」

「それは君が弱いからではないんだ」

「えっ、そうなんですか!?」

「自分を苦しくさせるような欲求に意識をフォーカスしているからなんだよ」

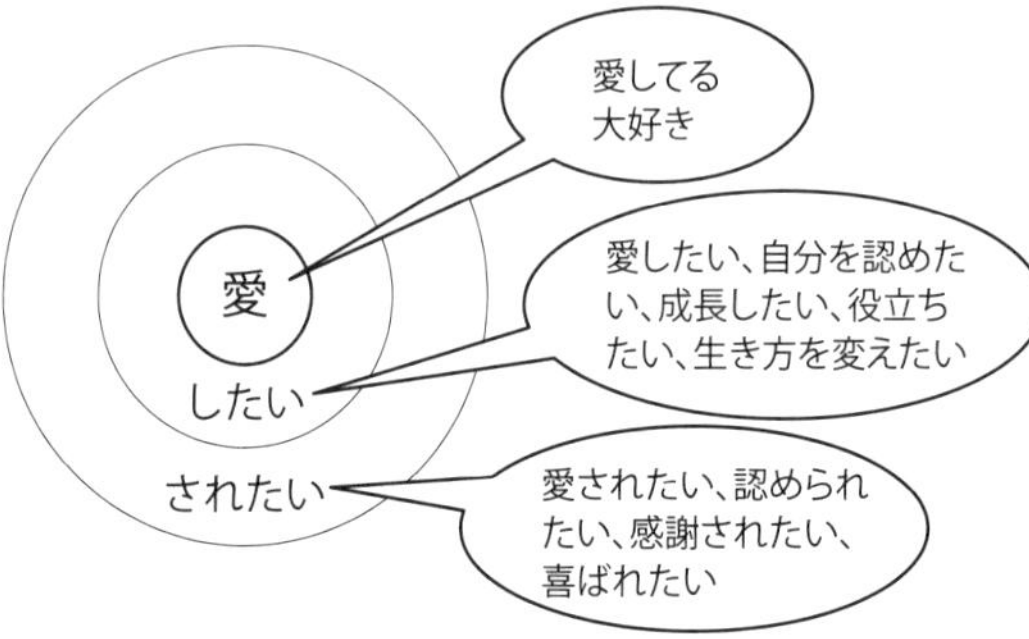

弓池は図を書いた。

「これは〝愛の輪〟といって、欲求を分類した図なんだ。へこむって、プラス感情かマイナス感情かって聞かれたら、マイナス感情だよね」

「はい、完全にマイナス感情です」

「なぜ反対されてへこむのかって言うと、君が愛の輪の外側『されたい』にフォーカスしていたからなんだ」

「そうなんですか」

「君としては起業の話をして、みんなに上手くいくとか、成功すると言われて認められたかったんじゃないかな?」

「はい、その通りです」

「それは、『されたい』という欲求だよね。でもみんなは認めてくれなかった。だから、へこんだんだ。『されたい』という欲求にフォーカスしているときは、期待した通りの反応を相手がしてくれないとマイナス感情が出てくるものなんだ」

「うーん、確かに期待していましたね」

「でも君は、本当は自分で成功すると認めたいんだよ。ところが、その認めたいという想いを自分で認めていないから、他人に認められたいと思った。これは、**自分で想いを認めないと、代わりに誰か他人に認めてほしくなる**という心の作用なんだ。『自分を認めたい』という想いを認めないと、『認められたい』になる。『役立ちたい』という思いを認めないと、『感謝されたい』になる。『自分を愛したい』という想いを認めないと、『愛されたい』になる」

コウジは自分がへこんだ理由がよく分かった。

「僕は自分が起業して成功すると認めたかったのに、その想いを認めていなかったんですね。そうだ。でも成功するって認めたいんだ！」

これだけでエネルギーが湧き上がってきたのを感じた。人に預けていたエネルギーの源が自分に帰ってきたようだ。

「フォーカスする欲求が変えられたようだね」

「自分で『したい』を認めるだけで、すごい気持ちの変化ですね」

「そう。**『したい』という想いは自己完結できる**からね。今まで他人に満たしてもらおうと依存していた状態から、100パーセント自分で満たすことができるという自立した状態に変化したんだ。そして、君の中で意欲が循環しはじめた」

「意欲が循環するってすごい表現ですね。まさにそんな感じですよ」

「でも、気づくべきことはもう1つあるよ。自分を認めたいのはなぜだと思う？」

「え!?　なんででしょう？」

「君は自分を愛しているからだよ。だから認めたいと思うんだ」

コウジの胸に涙が出そうな温かさが広がった。

「すごいですね。だから愛の輪の中心には〝愛〟があるんですね」

「そうだよ。これはモチベーションを高めて維持する究極の方法だよ」

「想いを大切にするっていう感覚がやっと分かってきました。確かにこれができたらどんなときも自分がやりたいことに意欲的でいられますね」

「君がそうした自分の想いをしっかりと認めれば、人からの批判は気にならなくなるよ」

「なるほど……確かに批判もそれほど気にならないかもしれません。……でも、また正直に言いますが、僕のことを大切に思っているなら、『それはやめろ』なんて言うべきではないと思います。それこそが思いやりじゃないかと思うんです」

「なるほど。止めないこと。それが大切に思っている証拠になるのかな？」

「……はい。そう思います」

そうやって聞かれるとちょっと自信がなくなってきた。

「では、君は子供を止めたりしないの？　『そっちに行ったら危ないよ』とか注意しない？」

「それはしますけど……」

「君はどうして子供に注意するのかな」

「もちろん子供が大切だからです」

「そうなんだよ。同じように、君は大切に思われているし、愛されているんだよ」

「ああ、そうですね……」

突然暗闇に光が当たったようだ。

「だって、君のことを大切に思っていなかったら、反対なんてしないよ。無関心さ」

確かに弓池の言う通りだ。無関心だったら止めることさえないだろう。

反対した友人の顔を思い浮かべた。もう20年も付き合っている仲間たちだ。家族のように心配してくれていたのだという愛情が感じられた。胸のあたりが温かい。

「穏やかな顔をしているよ」

「おかげさまで、大切なことに気づけました」

「よかったね。君は柔らかな感性をしているね。そんな君が私は大好きなんだよ」

その言葉はコウジを温かく包んだ。

今日も内容の濃いレクチャーだった。

最初は、起業して成功する方法を教えてくれるのかと思っていた。実際は、考え方やあり方を教わっている。それがとても大切なことだと分かった。

それを弓池に話すとこう言った。

「**成功するということは、成功する自分になるということだ**。だから方法よりも考え方のほうがずっと大切だし、考え方よりもあり方のほうが大切なんだよ」

翌日からコウジは自分の捉え方の変化を感じていた。

試しに何人かの知り合いに独立のことを話してみた。やはりこの時期に起業はやめたほうがいいと言われることは多かったが、前のように焦って不安に駆られるようなことはない。むしろ、大切に想ってくれているのだなと愛情さえ感じることもあった。

教えられる前と後では、同じ出来事が起きているはずなのに受け止め方が変わった。コウジは自分の成長を実感した。また弓池に会うのが楽しみだ。

成功者の視点

「弓池さん、今日は不動産屋で物件の資料をもらってきましたので見てもらえませんか」

コウジはブリーフケースからファイルを取り出して渡した。

「どれどれ。コウジは情報を集めるのが好きなんだね」

弓池はきれいにファイリングされたそれをみて感心していた。

「ええ。今は楽しくて仕方がないんです。これをみてください。候補に挙げている

4件です。海老名の駅周辺は全部歩き尽くしました」

不動産屋からもらった見取り図と条件が印刷された紙をファイリングしたページを開いて見せた。昼と夜にデジカメで撮影した物件の写真は次のページにある。用意は万全だった。ここまでの資料を見せるのはもちろん弓池に出資してほしいからだ。

「写真まで撮ってきて抜かりないね」

「僕としては特にこの2つが良いんじゃないかと思っています」

「そうなんだ。点数つけるとしたら100点満点で何点？」

「そうですね。両方とも80点くらいですね」

資料を見ていた弓池が顔を上げた。

「どうして100点じゃないの？」

「こっちは立地の問題です。駅から通り1本裏手に入ったところにあるんです。もう1つは間取りの制約ですね。少し狭いんです」

「いやいや、それぞれの理由を聞いているんじゃないんだ。なんで君は100点の物件を選ばないのっていうことさ」

「やはりですね、いい物件はあるんですけど、そういうところは押さえられていまして、もうテナントが入っているんです」

「それは当たり前だね。いい物件なんだから」

コウジは弓池が何を聞きたいのかがさっぱり分からなかった。

「私が言いたいのは、どうしてテナントが入っている物件を候補から外すのかっていうことさ。妥協したくないんだろう？」

コウジは責められている気持ちになってドキドキしてきた。

「確かにそうなんですけど、営業中の店にどいてくれって言うわけにもいかないですから」

「どいてって言わなくても、空きませんかとか、ここでやらせてもらえませんかとか、言ってみる価値はあるんじゃない？」

「そんなこと考えたこともなかったです」

コウジの中に今までになかった考え方だ。どうせ無理だと最初から思い込んでいたのだ。

「本当に成功を邪魔するのは、お金がないとか、景気が悪いとか、女性だからとか、男性だからとか、若いから、年取っているからとかいう条件ではないんだ。試す前から難しいとかできるわけがないと頭の中で決めつける〝**あきらめ思考**〟が邪魔するんだよ」

コウジはテナントが営業している物件にも言うだけ言ってみろと教えられているのだと気づいた。言われてみればその通りだ。しかし、何かが心にひっかかった。

「弓池さんの言っていることは正しいと思います。でも気が重いというか」

「ほうほう。心が受け入れていないんだね。なんで気が重たいのかな？」

その理由を言うのは説明されたことを納得できないというようで、勇気が必要だった。

「そうですね……………失礼じゃないかって思うんです」

「正しいかもしれないけど苦しい感じがするのかな？」

「はい、その通りです。世間で失礼とされているからです」

弓池はにやりと笑った。

「いいね。ここに君のあきらめ思考の原因が見え隠れしているね。聞いてもいいかな？　君が店のオーナーだったら、『ここの物件が理想なので使いたいのですが、出る予定はありませんか？』と聞かれたらどう感じるの？」

　コウジは想像してから答えた。

「嫌な感じがしますね。店が儲かっていないから、そういうことを言われたと思うからです」

「つまり、君は儲かっていなそうな店を選ぶつもりなんだね」

「そうですね。儲かっていたら出ることはありませんから」

「本当にそうかな？　決めつけてない？　テナントが物件から退去する理由を挙げてごらんよ」

「ええと、まずは儲からなくなった。他には、手狭になったとか……ああ！」

「気づいたね。他にもあるよ。家の事情で店が続けられなくなった、後継者がいない、健康上の理由、ただ単に飽きたとか」

「なんだ、儲からなくなっただけじゃないですね」

　少しコウジの思い込みが解けてきた。

「そういうこと。では、儲かっていないときでも、この物件を使いたいと言われて、ちょうどよかったと思う理由はどんなものが考えられる？」

「ちょうどやめようと思っていたときですかね」

「そうだよ。じゃあ、ちょうどやめようとしているかどうかを確かめる方法って知っているかい？」

「ええ？　そんな方法ありますかね。ぜひ教えてください」

弓池はいたずらな笑みを浮かべた。

「簡単だよ。まずは**聞いてみる**。交渉力よりも交渉してみるというマインドが重要なのさ。中には失礼だと思う人もいるだろうね。そうしたらごめんなさいと謝ればいい。君に相手を傷つけてやろうという悪意はないのだから。でも相手の考えは聞いてみないと分からない。君が来てくれてよかったと思うオーナーさんもいるだろう。内装や設備をそのまま使ってくれたらとても助かるんだよ。原状回復にかかる費用は高いからね」

確かにそういう場合もありうる。聞かずに無理だと決めつけるのはおかしな話だ。

「成功する人は自分で変えられると思う範囲が広い。他の人が変えられないと思っている範囲のことも、**成功する人はもしかしたら変えられるかもしれないという目で見ているんだ**。それが成功者の目なんだよ」

コウジはレストランでやった笑顔ゲームを思い出していた。普通の人は、不機嫌な店員を笑顔に変えてみようなどという発想を持たないだろう。

「ついでにもう1つ成功するために大切なマインドを教えよう。**成功する人は何度か試みる**。よく、成功者の逸話で何度も頼み込んで契約を取った話を聞いたことがあるよね」

「そう言えば、『三国志』に出てくる〝三顧《さんこ》の礼〟もそうですね。劉備が孔明を迎え入れるために3回も出向いたという」

コウジはもう一度探してみることにした。

盟友

物件探しと並行しながら、協力者を集めることにした。特に仕入れ先の確保は不可欠だ。

コウジは仕入れ先の会社の人たち、取引のあった会社の担当者の顔を思い浮かべた。

飲料メーカーの井口さん、割り箸とおしぼり業者の山崎さん、メニューなどの印刷関係の大城さん、ユニフォーム製作の片桐さん。思いつく名前を次々にリストアップした。

特に重要なのは飲料メーカーだ。協賛してもらえれば、買えば高価な機材をただで手に入れることができる。それだけではなく、メニューの開発にも力を貸してくれるだろう。

大門フーズで取引している飲料メーカーの井口は一緒に店の開発をした心の通い合った友人でもある。髪の毛を七三に分け、細いフレームから分厚すぎてレンズがはみ出した眼鏡を掛け、いつも同じ紺色のスーツに赤のネクタイだ。コウジは井口と会うといつも正しいサラリーマンだなと思う。営業部長になってからはあまり会う機会がなかった。

異動の挨拶も兼ねて電話をかけてみた。コウジが会いたいと言ったら喜んで時間をとってくれることになった。場所は2人で作った恵比寿店にした。

井口との約束の夜。コウジが先に恵比寿店で待っていると井口がやってきた。

「井口さん、今日も完璧な7対3じゃないですか」

コウジは井口の髪型をからかった。こういうことが言える関係だった。

2人は久々の再会をビールで乾杯して祝った。

「やっぱり井口さんのところのビールは美味いなあ！」

井口が嬉しそうな顔をした。自分の会社のビールを本心から美味しいと思っている証拠だ。こういう人と仕事をするととても楽しい。

「やっぱりいい店ですね」と店を見渡した井口が言った。

「そりゃそうですよ。僕たちが作ったのですから」

井口の近況を聞いた。奥さんが妊娠したという。コウジは心からおめでとうを言い、また乾杯をした。コウジの番だ。

「井口さん、僕のほうは異動になりまして。約束をしているので社の者には言わないでほしいのですが、実はあと2か月ちょっとで会社を辞めるんです」

「えぇっ本当ですか。コウジさんが辞めちゃうのは寂しいなあ」

「それで今、もうすぐ閉店するカラオケ店で店長をしています」

井口は笑った。大門フーズとの付き合いも長いのでその意味が分かったらしい。

「次の仕事は決まっているんですか」

「はい。就職せずに独立しようと思いまして」

「やっぱりそうですか。コウジさんは独立向きの人ですよ」

自覚はないが複数から言われるということは、やはり独立向きの人間なのかもしれない。

「独立して何をやるんですか」

「居酒屋をやります」

「そうですよね！　それは良いと思います。絶対に成功すると思います」

「本当ですか!?　ありがとうございます！」

嬉しさのあまり思わず涙が出そうになった。コウジは感謝の握手をした。

仕事関係の人には肯定的な反応の人が多かったが、それは当たり障りのない社交辞令のようなものだった。腹を割って話せる仲のよい井口にそう言ってもらえたことで大きな勇気をもらえた。

「コウジさんが独立するんだったら応援させてください。協賛もさせてください」

どんな店にしたいかを話さずとも協賛すると言ってくれたことが嬉しかった。その理由を井口がしみじみと漏らした。

「コウジさんのようにこちらの意見や都合をちゃんと聞いてくれるお客様っていなくて、コウジさんくらいなんです。私どもは買っていただいている側で、相手はお客様ですから仕方がないのですが、協賛なんかでももっと出せと叩かれたりするんですよね。だからこうして対等に付き合ってもらえるのは本当に嬉しいんです」

最大の頼みの綱である井口に応援を約束してもらえたので、最高の気分だ。

そこにコックコートを着た男性が遠慮がちに近づいてきた。

「コウジさん、井口さん、お久しぶりです」

「おっ、誰かと思ったら佐野じゃないか！」

佐野は目をしばしばさせながらお辞儀をした。人と話すときの癖だ。

相変わらず折れそうな細い身だ。恥ずかしそうにコック帽を握りしめている。

「新しくメニューが増えていますね。どれも美味しかったなあ」

井口が褒めた。

「はい。でも、あまり増やすなって会社には言われます」

ここをモデルとした店は3軒に増えていた。同じブランドの店なのでメニューにも統一がなければいけない、というのが会社の方針だった。

できれば佐野を引き抜きたいと思った。きっと独立すると言えばついてきてくれるだろう。社長と約束してしまったことを後悔した。

物件探し、難航中

街路樹の葉は黄色く変わり、秋の景色を作り出していた。道行く人たちの服装もコートが目立つ。コウジは秋の落ち葉の香りが好きだった。

時間を見つけては駅の周辺を歩き回り、最高の物件を3つ選び出した。ここで失敗したらあきらめもつくと思う場所だ。

ただやはりその3つとも飲食店が営業していた。

いきなり飛び込んでもいいが、こういうときは紹介の力を使ったほうがよい。

コウジは知り合いの不動産屋に現在入っている3つのテナントに「飲食店を始めたいという人がいて、あなたと会いたがっている」と話を通してもらった。

有給休暇を取ったコウジは、1軒目の店を開店前の午後3時に訪れた。ビルの2階にあるメキシカンスタイルのバーだ。

自動ドアをノックすると、あごひげを生やしたオールバックの男性が現れた。年齢は40代前半くらいにも見えるが、目元のしわなどを見るともっと上かもしれないと思った。

入り口に一番近いテーブルに向き合って座り、パソコンで作った即席の名刺を渡した。店を褒め、適当な世間話から自分が理想としている居酒屋をやりたいと思っている話をした。相手はコウジの意図を読めずにいぶかしんでいる。世間話が途切れ、シーンとした居心地の悪い間が訪れた。あまり時間をとらせても悪い。そろそろ言い出すタイミングだ。

「こちらの物件を出る予定とかありませんか」

「はい？」

オールバックの店主は固まった。その反応は唖然という言葉がぴったりだった。

「そのう……、ここを使わせていただけたらいいなと思いまして。もし退去するとなると原状回復するのに費用もかかりますからね」

コウジは自分でも話しながら下手な交渉だとあきれていた。店主はコウジの言いたいことが分かってくるとみるみる憮然とした表情に変わっていった。

「ここが気に入っているんでね。なじみのお客様もいてくれるし。そのつもりはないですよ」

「そうですよね。どうも失礼しました」

コウジは逃げるようにエレベーターに乗り込んだ。エレベーターが動き出すと緊張が解けてどっと脱力する。

「ああ、何をやっているんだ。大失敗したなあ」

頭を抱えて、エレベーターの壁をドンと叩いた。

(やっぱり非常識なことをしているのかもしれない。きっと残りの2つの店もこんなふうに断られるんだろうな)

急にやる気が失せた。きっと、弓池がいなかったらここであきらめていたに違いない。後で結果を報告するからこそ、残りの2軒にも交渉しようという気になる。やりきって弓池から十分やったと認めてもらいたい。

2つ目の物件は中華料理店が営業していた。夫が厨房に入り、妻が接客をする典型的な夫婦経営の店だ。外装は普通なのだが、中に入るとなぜか北海道のお土産でよくみる木彫りの熊だの、大きなスズメバチの巣だの、ほこりをかぶった大きな中国の壷だのが飾られていてセンスの悪さが全面的に出ていた。店内に貼られたメニューの短冊は黄ばんでいるし、テーブルに置かれたメニューブックも何かの汁の染みで薄汚れている。潔癖症の人には耐えられないだろう。

これで美味しければ奇跡というものだが、残念ながら味はいまいちだった。わざわざここに食べに来るとしたらそれは値段が安いという理由しかない。

今はもうすぐ夕方5時になる頃で、最も客の少ない時間帯だった。コウジが店に入るとサラリーマン風の男性の客が1人、相撲中継を流すテレビをぼんやり眺めながらラーメンをすすっていた。

コウジが不動産屋から紹介してもらった者だと名乗ると「どうぞ」と客席に通された。奥さんが2人分の水を持ってきた。

コウジは、食事をしている他の客が近かったので、どうも話しにくいと思ったのだが、料理人の店主は全く気にしていないようだった。タバコに火をつけた。どうやらついでに休憩するつもりらしい。店主の汚れた白衣が嫌だなと思った。こういうところの身だしなみにも気をつけたら良いのにと思ってしまう。

儲かっていないことは誰の目から見ても分かるので、退出する予定はないかと聞くのは気が引けた。さっきの店での反省を踏まえ、組み立てなおした内容でコウジは話を始めた。

　自分が居酒屋チェーンを経営している会社で働いているが、自分が理想としている店をやりたくて独立すること。こんな店なのだと計画書をテーブルの上に出した。そして、物件を探していてこの店のような物件でできたら最高だと思っていると言った。

「ここはそんなにいい物件でもねえよ」

　店主は渋い顔でタバコの煙を吐き出した。物件を気に入っていないのは好都合だ。可能性がある。そばに他の客がいるのにそんなことを言って大丈夫なのだろうか、とコウジは心配した。

「もしこちらでできたらいいな、と思っているのですが、移動する予定とかはないですかね」

　タバコをくゆらせながら、数秒考えてから後ろを振り向いた。

「どうする母さん？」

　少し離れたところで話を聞いていた奥さんが怖い顔で近づいてきた。

「あんた、店を乗っ取ろうというんかね？　営業中にそんな話をして！　失礼でしょ！」

「いえいえ、乗っ取ろうなんて思っていません。もし出られるなら次を使いたいと言いたかったんです」

聞く耳持たず、無言でコップを持っていかれた。店主はテレビを見つめたまま何も言わない。状況は最悪だ。コウジは丁寧にお礼を言って店を後にした。

歩いているうちにだんだんと腹が立ってきた。

(いくら何でもあの対応はないだろう。乗っ取ろうなんて思ってないんだから)

そして、疲労感が襲ってきた。自分は無駄なことをやっているのではないか。

3つ目の物件に向かう間に、コウジはまた逃げたくなる自分を説得しなければならなかった。

(そうやってできるわけないと頭の中で決めつけることが成功を邪魔するんだ)

(成功者はチャンスを手にしてきた。それに、もしかしたら映画のような逆転が待っているかもしれないんだから)

駅から歩いてくると、そのビルが真っ先に目に入る。ビルの2階に通じる階段をのぼった先には店舗の入り口が見える。こういう造りだと初めてのお客様が来店するときに心理的に抵抗が少ない。まさに繁盛する物件であり、今回選んだ中では当然だが、コウジが今まで見てきた中でも一番だ。

店のオーナーはそのビルの所有者でもあった。つまり、自分のビルに自分で店を出しているのだった。

家庭的なイタリアンレストランで、コウジはいつも気にして見ているのだが、あまり流行っている感じではない。立地は最高だが、料理にもサービスにも印象に残るような特徴がないのだ。

コウジはドアの前に立った。これで3回目の交渉ということもあって、緊張は前ほどではない。その代わり期待もほとんど持っていない。

営業中の店内に入る。内装はイタリアの田舎にでもありそうな民家をモチーフにしている。店員に約束のことを告げると、一番奥の席に通された。

店内では主婦6人グループがおしゃべりに興じている。その席の横を通り過ぎるとき、視線が一斉に自分に向けられコウジはたじろいだ。

案内された席は他の客と離れており、ここなら会話を聞かれることはないだろう。

オーナーは背の高い細身の男性だ。日焼けしていてゴルフかサーフィンでもやっていそうだ。髪にもあごひげにも白いものが混じっていて、50代後半くらいかもしれないなと思った。物腰が落ち着いていて安心感を与える。

こういう飲食店の店主は年齢が読めない。サラリーマンはだいたい同じように老けていくが、自営業者の世界ではサラリーマンとは違う時間が流れているようだった。

コウジは店を褒めながら何度か店に来たことがあることを伝え、本題を切り出した。

「自分の理想の店をやりたいのですが、ここが理想の物件だと思っています。ここでやらせてもらえたらと思うのですが、失礼を承知で伺いますが、店を移動する予定などないでしょうか?」

反応は前の2つと同じようなものだった。つまり唖然とした。

こんなことを聞かれたのは初めてだろう。営業中の店に行って、店をやめますかと訊くなんて非常識にもほどがある。

オーナーは周りに聞こえない小さな声で言った。

「実はですね、今年中にハワイアンレストランにリニューアルする計画なんです」

「そうですか」

そのような計画があるなら無理だ。またダメだったかとあきらめかけたコウジだったが、意外にも店主はコウジの店の計画に興味を持ってくれた。

コウジは持ってきていた資料をバッグから広げ説明した。聞いてもらっていることが嬉しく、夢中で話した。説明しながら、上手になったものだと自分で感心していた。友達や知り合いに何度も説明したことがいい練習になっていた。

「へえ、いい店だと思いますよ。このへんにはないですね。どうぞ頑張ってください」

返事はコウジが期待したようなものではなかったが温かいメッセージだった。

しかし、映画のような奇跡は起きなかった。

これからどうしようかと思案する。また同じように、営業しているかどうかに関係なく物件を探すのがいいだろうか。それとも空き物件の中から選ぶのがいいだろうか。

ここで失敗したらあきらめもつくと思う場所という弓池の言葉を思い出す。

（そうだ。借金もするんだ。弓池さんの期待に応えたいし、井口さんには協賛の約束をしてもらった。たった3つの店に1回ずつ断られたというだけで、あきらめる

わけにはいかない）

勇気がほしくて、駅まで歩きながら野島に電話してみた。物件を探すときにどうだったのか聞きたかった。きっと野島も何回も断られたのだろう。その失敗談を聞けば励みになるだろう。

「オレの場合？　不動産屋に行ったら、たまたまいい物件が空いていてさ、値段も手頃だったからそれで決めたんだけどね」

携帯電話を落としそうになった。聞かなければよかったと思った。

「そうなんですか!?　僕は物件探しで苦労していまして、3回断られました」

「そうか、大変だな。不動産は縁だからな。あ、そうだ。いい話があるぞ。エジソンは電球を発明するまでに1万回以上の失敗を繰り返したって知っているか？　そして、失敗を繰り返すエジソンにある人が『いつまでその失敗を繰り返せばあきらめるんだ？』と聞いたんだ。するとエジソンは『失敗ではない。上手くいかない方法を1万通り発見しただけだ』と言ったんだ。だから、借りられない物件を3つ発見しただけなんじゃないか」

「まあ、確かにそうですけどね。エジソンの場合は実験が失敗するだけですけど、僕の場合は相手に断られるんですよ。中華料理屋のおばちゃんに乗っ取る気かって怒られたりするんですから」

「すごいじゃないか、それは伝説になるな」と野島は笑った。

なんだか話したら気持ちがすっきりした。伝説というキーワードが心に残った。

(そうだ。自分は今伝説を作っているんだ)

そう考えると腹の底から勇気が湧いてきた。もっといろんな経験をして伝説にしてやるという気分だ。コウジは天に向かって言ってやった。

「試練よ、来るならもっと来い! 伝説を作ってやるぞ! わはははは!」

この晴れ晴れとした気持ちはどうだ。さっき落ち込んでいた自分が嘘のようだ。

しかし、まさか注文した通りの試練がすぐにやってくるとは想像していなかった。

社長からの仕打ち

翌週の月曜日。会社での気の重いミーティングの後、給料明細が経理担当者から渡された。

コウジは中身を見て驚いた。

「なんだこれ……」

先月の半分の金額になっている。何かの間違いか、計算方式でも変わったのだろうか。

「ねえ。この金額、間違ってない？」

経理の担当者に確認してみた。

「ええと、社長からコウジさんは今月から店長と同じ扱いでと言われたので、その金額なんですが……」

「店長と同じ扱い!?」

めまいがした。勝手に減給されたのだ。何の相談もなしに給料を半分にするなんて絶対に間違っている。ムカムカと腹のあたりが煮えくりかえる。

黙っていられず社長室をノックした。

「社長、これはどういうことですか」

勢いのまま明細を突き出した。

社長は一体どこに問題があるのかと涼しい顔をしている。

「そんなの決まっているだろう。営業部長から店長に降格したからだ。……そもそも全部、お前が辞めたいと言ったからこうなったんだぞ」

「それはあんまりです。店長に配属したのは社長が私を誰にも会わせたくないからですよね!?」

怒りと失望とで少しでも自制を緩めたら話すことができなくなりそうだ。

「社長、私は独立のことを誰にも言わないことと社員を引き抜かない約束をしました。それなのに……これはひどい仕打ちではないですか」

「給料だって破格の待遇だ。カラオケの店長ではそんなにもらっているヤツはいないんだぞ。それくらい知っているだろ。迷惑をかけているお前が文句を言うんじゃない！」

社長の語気がどんどん荒くなってきた。

「お前のせいでみんなが迷惑しているんだ！　……それに誰にも言わないという約束を破ったよな」

指摘されて一瞬ひるんだ。コウジは自分の記憶を確かめたが、社内の者には独立のことを話していないはずだ。

「いいえ、会社の者には誰にも言っていません」

「嘘をつくな！」

机を叩いた。コウジはすくみ上がった。

社長は声を抑えた。

「俺のところに話は伝わってきているんだ。お前が辞めることはもうみんなが知っているぞ」

「それは……自分は社内の者には誰にも話していません」

「じゃあ、なんでみんなが知っているのか説明してみろ」

言葉に窮する。

社長は給料については一切意思を変えないつもりだった。

社長室を後にしたコウジはあまりにショックが大きく、歩くことすら辛かった。

（なんなんだよこれ……）

これまで会社のために頑張ってきた全ての努力を否定された。最後に残っていた忠誠心と感謝の気持ちのかけらが粉々になってしまった。

きっと取引業者の誰かが社員に話してしまったのだろう。全員に言わないでほしいと口止めしていたつもりだったが、もしかしたら言い忘れたこともあるかもしれない。考えてみれば、取引業者がその会社の同僚に話すことだってある。そこまでは口止めしていない。

あまりにコウジが落胆しているので、その様子を心配した何人かの同僚が声を掛けてきた。コウジは無理に笑顔を作って何でもないと答えた。ただ放っておいてほしかった。この会社の社員というだけで嫌いになりそうだ。

自分が店を持ったら、辞めるスタッフをこんな気持ちには絶対させないと固く心に誓った。

退職の日が近づいているが、なかなかあの3店に近い魅力的な物件は見つからなかった。そろそろ決めたいところだ。

昼間、カラオケ店で働いていると飲料メーカーの井口から携帯電話に着信があった。

今は協力を申し出てくれている井口が心の支えだったが、何か嫌な予感がした。

コウジは努めて明るい声を出した。

「どうも井口さん、お元気ですか？」

「ええ、おかげさまで……」

井口の声の調子は低かった。嫌な予感が当たりそうで怖い。

「コウジさん、申し上げにくいことなのですが……実はですね、独立に協力させていただく件がちょっと難しくなりまして」

血の気が引いた。あんなに固く約束したというのに。それに井口の会社にとってもメリットがあるはずだ。その理由はすぐに察しがついた。

「大門フーズから何か言ってきたんですね」

「……はい。昨日ですね、通達がありまして……協力をするなと。もし協力すれば当社の商品を使わないと言われてしまったのです」

怒りで目の前がチカチカした。井口は何度も電話口で謝った。責めることはできない。井口だって心苦しいのだ。

電話を切ったコウジは怒りを爆発させた。

「ふざけるなっ！」

パイプ椅子を蹴飛ばした。誰もいない店のロビーに派手な音が響いた。

1か月はただ働きをすると申し出た。社長に言われた通り、社内では誰にも話していない。約束を守り誰にも一緒にやろうと声を掛けていない。それなのに給料は半分に減らされ、井口の会社に通達を出して妨害された。全てを踏みにじられ、全身が怒りでいっぱいになった。

野島に話を聞いてほしかった。コウジは客がいなくなるタイミングを見計らって電話をかけた。

「そりゃひどいな。腹が立つのは当然だよ。あの社長がやりそうなことだ。今日の夜にでも店に来いよ」

電話口で野島は自分のことのように怒ってくれた。それがとても嬉しかった。

（ここまでされて、まだ約束を守る義務があるのか？）

自分に問いかける。約束を守る必要なんてもうない。

コウジは一緒にやりたい同僚に声を掛けることに決めた。

誰と一緒に店をやりたいだろうか。すぐに料理人の佐野の顔が浮かんだ。佐野は今日休みのはずだ。コウジが電話すると、運良く夜は佐野の予定も空いていたので、会う約束を取りつけた。

場所は町田にある野島の店にした。独立の話を持ちかけるのに最適だろうと思ったからだ。

佐野の夢

2人で店に入ると、野島が迎えてくれた。ジーンズにシャツがこの店での制服らしい。野島のシャツは幾何学模様の刺繍が入っていた。

店内は野島の好きなブルーズロックが流れている。

コウジが2人を紹介すると、驚いたことに野島と佐野はお互いに顔を知っていた。会社の忘年会で顔を合わせたことがあったらしい。

「2人ともよく来てくれた。今回は大変な目に遭ったな。まあ、うまい酒でも飲んでいけよ」

おすすめの地ビール〝ダッチダウン〟を注文した。八ヶ岳の麓にある山梨県清里で作られているビールということだった。

「2005年と2006年に全国コンクールで優勝したビールなんだ」

グラスをテーブルに置いた野島が自分の手柄のように話した。深みのある茶褐色。見るからに美味しそうだ。野島は自分のグラスも手にしている。

3人で乾杯をした。

「香りが強くて、濃厚ですね」とコウジは野島に感想を告げると、隣の佐野も「本当ですね。うまい」と満足そうにした。

「麦芽にいいものを使っているから香りがいいんだ。それに8週間もかけて醸造しているから味もまろやかなんだな」

野島は素晴らしい宣伝マンだった。

「ゆっくり飲んでいってくれよ」

グラスを一気に飲み干して仕事に戻っていった。

店内には野島の他に、料理人が1人と、バーテンダーが1人、そしてホールの女性スタッフが1人いた。女性スタッフの名は美咲《みさき》といった。笑顔が魅力的で彼女自身が仕事を楽しんでいる様子が伝わってくる。目が大きくツンと上を向いた鼻が可愛らしい。どうやら佐野の好みらしく、ちらちらと何度も見ていた。

野島は料理も作るし、ドリンクも作るし、ホールにも出ていた。要するにやりたいことをやっているのだ。

佐野は2人だとよく話した。最近の恵比寿店の状況を教えてくれた。コウジが関わって作った頃に比べるとメニューがかなり変わったらしい。

「コウジさんが抜けてから、オープニングスタッフはほとんど辞めちゃいました」

あの頃のメンバーがいないことは残念だったが、自分が不可欠な人間だと認められたようで、傷つけられた自尊心が癒された。

夜8時になり、他の店で食事をした客が2軒目として立ち寄っているのだろう。席がほとんど埋まった。

気づくとバーテンダーが2人に増えていた。新しく加わったのは20代後半くらいの男性だ。どちらかというと細身でぱっと見た感じはホストのようだ。目つきが鋭く、どこか影がある。昼間は会社員だが週に何日かアルバイトをしているのだそうだ。バーテンの腕もかなりのもので、手さばきは優雅で動きに無駄がなかった。ネームプレートにはトモと書かれている。

佐野がトイレで席を立ったときに、野島が紹介してくれた。

「トモ、ちょっといいか。ほら、何度か話していたコウジだよ」

「ああ、どうも。よろしくお願いします」

トモは軽く会釈してドリンク作りを続けた。

気のせいか、コウジはトモに好かれていないと感じた。それとも、そういう性格なのだろうか。

「トモは、もともとはうちのお客様だったんだよな」

と野島が話を振った。

「ええ。通っているうちに一緒に働かないかって誘われて……」

トモは野島を見て答えた。コウジとは視線を合わせないようにしている。

コウジはお客様からスタッフを集めるのはいい方法だなと思った。トモがこの店を好きだということは、仕事の熱心さから伝わってくる。自分が働く店を好きだということは、その店にとっても確実にプラスになるだろう。ただし、そのぶっきらぼうな接客態度はこの店の雰囲気によくない影響を与えているのではないかと感じた。

佐野が戻ってきた。通路を歩きながらスタッフの美咲に見とれている。

コウジはどうしてもトモが気になってしまう。コウジに対しては愛想がないが、他のお客とは別人のように楽しそうに会話している。覚えはないが何か気に障ることでもしただろうか。とにかく嫌な感じだ。

酔いが回ってくると流れているブルーズロックがとても心地よかった。

トモのことなどすっかり忘れて佐野と美味しい酒と料理を楽しんでいた。接客がどうであれ、トモのバーテンダーとしての腕は一流だ。

佐野はその音楽が気に入ったらしく野島にアーティストを尋ねていた。Otis YOSHIという日本人で、野島が持ってきてくれたアルバムを佐野はメモしていた。

コウジは尋ねてみた。

「ねえ、佐野の夢ってあるの？」

「僕はですね、いつか地元の平塚で店を出したいんです」

平塚は神奈川県の南西部の沿海地域に位置している。コウジが店を出そうと思っている海老名はその北のほうにある。

佐野の父親は小さな工務店を開いていた。大工という仕事が好きで、休みの日も何もしないなら仕事をしたいという人らしい。母は専業主婦。佐野は2人兄弟の長男だった。父親の口から直接言われたことはなかったが、父親が家業を継がせたがっていることは母に教えられて知っていた。

佐野は学生時代ずっと成績が悪く、運動も特にできたわけでもない。だから自分は何の取り柄もない人間だと思っていた。高校に進学したものの勉強を続ける理由が見いだせず、不登校になっていた。アルバイトもしないでただ部屋でゲームをしたりテレビを見たりして過ごした。

コウジは佐野の話を聞いて、ビジネスの7段階を思い浮かべていた。3の「社会適応」で上手くいかず、1つ前の2の「快楽」のステージに落ちたのだと分かった。弓池に学び始めてから、いつの間にかこういうことが自然に分かるようになっている自分に驚いた。

その後、18歳になった佐野はアルバイトをするようになった。ガソリンスタンド、ビルの清掃、工場勤務、コンビニエンスストア。どれも長くは続かず転々と仕事を変えていた。

ある日、父親が佐野に言った。

「いつまでそんな生活を続けているんだ。自分のやりたいことをやれ。やらずに後悔するくらいならやってから後悔しろ」

やはり家業を継げとはひと言も言わなかった。

佐野には密かに憧れている職業があった。それが料理人だった。子供のときから飲食店に入ると料理人の包丁さばきばかり見ていた。普通、調理師を目指す人は高校に進学する年に調理師学校に入るのが一般的だ。そのとき佐野はすでに21歳になっていた。今から目指すのでは遅すぎるという考えが足止めさせていた。

佐野は思いきって料理人になりたいと父親に告げた。反対されるのを覚悟したが、父親は「分かった。とことんやりなさい」と言ってくれた。

調理師学校に入学し、一から料理を学び始めた。

佐野は何事も覚えるのが遅かった。しかも周りの同級生たちはみな自分より5歳も年下だ。その中に交じって学ぶことは辛いことも多かった。それでも辞めようとは一度も思わなかった。料理が好きだったからだ。佐野は人の2倍練習した。

コウジは、料理人という4の「自分軸」が見つかったのだな、などと分析していた。

「自分の店を持って、父を客としてもてなしたいんです。地元の仲間にも来てほしいし」

佐野の「好きなことをやらせてくれた父に恩返しをしたい」という想いにコウジは胸を打たれた。こんな父親想いの佐野とぜひ一緒に仕事がしたいと思った。

「なあ佐野。知っているかもしれないけど、今度、独立するんだ。それで、できれば佐野に料理長になってもらいたいと思っているんだ」

「僕ですか⁉　本当ですか⁉」

佐野の目が大きくなった。

「ああ。目指す店のイメージが気に入ったらでいいんだ。ちょっと聞いてくれるか？」

説明を始めると佐野の目がキラキラと輝いてくるのが分かった。

「でさあ、オープンキッチンにしようと思っているんだ。お客様は料理人の姿が見えて、料理人はお客様の喜んでいる姿が見える。どう？」

佐野が話の途中から表情を曇らせ始めた。

「そうなんですか……でも、オープンキッチンじゃあできません」

「ええ！　なんで？」

「お客さんと会話しないといけないんですよね。僕には無理です」

佐野は人と話すのが極度に苦手なのだ。忘れていた。

「大丈夫だよ。無理に話さなくていいんだよ。最初は顔見知りのお客さんとだけでいいから」

渋っていた佐野もコウジの必死の説得に最後には気が楽になったようで、あまり話せなくてもいいならと承諾した。それからは元気を取り戻し、2人でこんな居酒屋にしたい、こんな料理を出したいなどと熱く話し合った。2人は未来の店の成功に乾杯した。

コウジはたまらなく嬉しかった。初めて仲間を得たのだ。

サービスの学び

佐野と毎週会って打ち合わせすることになった。メニュー、厨房の設計、食器選びなど、やることはたくさんあった。コウジは佐野と会うのが楽しみで仕方がなかった。一緒に夢を実現してくれる仲間ができただけで、それ以前とはやる気が全く違った。昼間にカラオケ店で働いているときも前向きな気持ちでいられた。

あの第1希望の物件であるイタリアンレストランには客として何度か訪れた。オーナーはこのあたりの地主で何棟もビルを持っていて、空きが出ればいい物件を紹介してもらえるかもしれないと思ったからだ。

カウンター席でコーヒーを飲みながら暇そうにしているオーナーと話をした。コウジはこれから作ろうとしている店について語った。オーナーはとても気さくで楽しい人だった。

　コウジは勉強のために週2日、野島の店で働かせてもらうことにした。野島の店は9時を過ぎた頃にはほとんどの席が埋まる。世の中は長い不景気の真っ只中で、水商売が開店してすぐに繁盛店になる例など他に聞いたことがない。

　なぜ繁盛しているのだろうか？　働いている間、コウジは常に意識して観察した。観察すればするほど、コウジの頭の中は野島に聞きたいことだらけになった。

　まず、野島を含めたスタッフが楽しんでいた。自分も恵比寿店を成功させたことに自信を持っていたが、この店のスタッフは楽しみながらも接客は行き届いており、そのクオリティには舌を巻いた。

　普通、サービスの質が高いとスタッフは楽しんでいないことが多い。高級ホテルに行くとそれがよく分かる。ホテルマンはお客様を心地よくさせていて、そのことに誇りを持っているが、あまり楽しそうではない。〝こうあるべき〟に縛られているのだ。ここにはそれがない。

　スタッフは店を愛していた。野島はみんなから愛されており、野島もスタッフを大切にしていた。兄貴のような野島を中心にしてスタッフが家族のようにつながっている。

また、コウジが最も驚いたことは、常連客のほとんどに野島はフードの注文を取らずに勝手に料理を作って出していることだった。客は文句も言わずにお金を払う。よほど信頼関係がなければできないことだ。どうすればそんな信頼関係が築けるのかを営業が終わった店内で野島に聞いてみた。

「サービスの質を高める積み重ねだな」

「積み重ね……。どんなことですか？」

「たとえば〝我慢つぶし〟だ。**サービスの質を高めたかったら、小さい〝我慢〟をどんどん潰していくん**だ。たとえば、注文したいのに店員が忙しそうにしていてこっちをみてくれないとか、2つ料理が来たのに取り皿が1つしかないとかさ。そういうことって、いちいち改善してくれなんて言わないで我慢しちゃうだろう？」

「はい。店員がつかまらないのは忙しいから仕方がないのかなとか、取り皿は同じのでいいかって我慢しますね」

「そうなんだよ。そういう小さい我慢の積み重ねが、大切にされていない、もてなされていないっていう感じになると思うんだ」

確かに小さい我慢をしないで済むと、自分が大切にされている感じになる。

「逆にお客様が口にする〝不満〟の中でも、改善したほうがいいものと、放って置いたほうがいいものとがある。注文した料理がずっとこないとか、料理が注文したものと違っているとか。そういうものは当然改善してゼロを目指さなくてはいけない。でも、**〝価値ある不満〟は放って置いていいんだ**」

「価値ある不満？　ですか」

「たとえば値段が高いとか、場所が不便だとか、いつも席がいっぱいで入れないとか、料理が品切れになってしまうとかね。逆にそこにこそ高い価値を感じる人がいるんだよ」

〝基本のサービス〟をまずクリアする。来店したお客様に笑顔で挨拶をする。お客様を席まで誘導する。おしぼりを渡し、メニューを案内する。座敷であれば脱いだ靴をそろえておく。頼んだものがちゃんと出てくること。取り皿を料理の数だけ用意する。料理によって取り皿を変える。たとえば、サラダは少し深いもの。温かい料理と冷たい料理に合わせて、お皿を2種類の温度で用意する。汚れたおしぼりを交換する。灰皿は吸い殻3本以内に交換する。飲み物がなくなりそうになったら声を掛ける。

どれも難しいことではない。これらの基本をきっちりとクリアするだけで、お客様はとても気持ちよく過ごすことができる。一般的に上質な店となる。

「〝基本のサービス〟のレベルをクリアしたうえで、さらにさっき話した〝我慢つぶし〟をしていく。そうしながら〝**サプライズ**〟をしていくんだ。ここで上質な店から特別な店に飛び抜けられるかどうかが決まるな」

「サプライズ……ですか？」

「そう、サプライズパーティーとか言うだろ。あれ」

野島はお客様の心理には7段階があるという話をしてくれた。

1、被害者意識……こんな店来なきゃよかった。

2、不満足……あんまりいい店じゃなかったな。

3、満足……特に不満はなかった。

4、喜び……とりあえずいい店だったな。

5、感動……この店のサービスはなかなかいいぞ。素晴らしい！

6、感激……なんていい店なんだ！　来てよかった。

7、感謝……本当にありがとうございます！

〝基本のサービス〟をすることで、3や4の段階になる。しかし、3くらいのレベルだとまた来ようと思いつつも、忘れてしまうもの。何度も来店してくれるようなリピーターになってくれるのは5以上だ。7の感謝レベルはというと、お客様が手紙やメールを送ってくれるような場合だ。それにはさらに〝我慢つぶし〟を徹底し、〝サプライズ〟が必要になってくる。

野島はそのための**目配り**と**耳配り**を教えてくれた。

「〝目配り〟は全体を目で見ておくこと。立ったお客様がトイレを探しているかどうかは見ていないと気づかない。下げる皿はないか、灰皿交換は大丈夫か、飲み物のお代わりはないか、つねに目配りが大切だ。でももっといいサービスを提供するには〝耳で仕事をする〟んだ。広く状態を把握できるのは耳だ。視界は限られている。だからどうしても見落としてしまう。でも、耳は常に360度の情報を集めることができるだろ。たとえば箸が落ちた音や、フードやドリンクのメニューを相談している会話。この料理が美味しい、まずいという会話。今日が誕生日だというひと言とかな。誕生日や結婚記念日などをお祝いする準備はしている。でも、それらは結局、申告してもらうか、スタッフがお客様とのさりげない会話から察するしかないんだ。申告して祝ってもらっても、分かっているからそんなに嬉しくない。サプライズでお祝いされたときの喜びはでかいよ」

野島は全テーブルのオーダーを覚えていた。出し忘れがあるかチェックするのは自分の役目だ。ただし、それも12時くらいでやらなくなると言った。

「だって、その頃に来るお客様は大抵酔っぱらってるからさ。俺も一緒に楽しみたいし」

野島らしいと思った。

他の日には**心配り**との違いも教えてくれた。目配りと耳配りはやろうと思えばマニュアル化できる。それに対して**心配りはマニュアル化ができない**。その人に合わせた配慮だからだ。たとえば、夏の暑いときには食事が済んだお客様には氷を入れた水を出す。しかし、前回来店したときにAさんは冷たいものが苦手なので氷を入れないでほしいと言っていたので今回もそうした。これが心配りだ。ところが、それがサービスをする側の心の中でマニュアル化されてくると心配りではなくなってしまう。いつもAさんが常温の水を飲みたいわけではない。体が疲れているときには温かいお茶が飲みたいかもしれない。時には炎天下を歩いてきて冷たい水で体を冷やしたいと思うことがあるかもしれない。いつもとは違う様子で来店したにもかかわらず、Aさんを見ずにいつもの流れで水を出したとき、それはもう心配りではなくなる。

野島の店には基本のサービス以外の目配り・耳配り・心配りにマニュアルが一切なかった。その理由を尋ねると「マニュアルがあると『お客様を喜ばせたい』ではなくて『マニュアル通りにしなくちゃ』になるからだ」と答えた。なるほどと思った。野島は心の通ったサービスを提供する店にしたいのだ。

また、野島はコウジが驚くほどお客様を選んでいた。

ある日のこと。まだ席が空いているのに、店に来たお客様を「予約が入っている」と言って帰したことがあった。確か予約など入っていないはずだった。

野島に聞いてみると、大切なお客様が来ることが多い曜日だから空けてあるのだと言った。

普通の経営者はできるだけお客様がほしいと思って、どんなお客様でも歓迎してしまう。しかし、店の雰囲気は客が作る。だから、店は客を選ばなくてはいけない、というわけだ。

見せてくれた秘密の顧客ノートには、お客様を5段階で格付けしていた。最も大切に扱うAクラスのお客様から、来たらできるだけ断るEクラスのお客様まで。コウジがその基準を質問すると、「俺が一緒に飲みたいかどうかだ」と笑って答えた。

Aクラスのお客様が来そうな日には、予約がなくても席を空けておく。お客様も自分の席を取ってくれていることを知っているので、足も自然と店に向く。野島はそれを「居場所を作ってあげている」と言った。

「みんな居場所がほしいんだよ。会社で気を遣って、家に帰っても話す相手がいない。家族がいても自分の居場所がないって人は多いんだ。だから、そういう人たちのために俺は居場所を作っているんだ」

また野島は、「段取り八分だ」と常に言い、事前準備を大切にしていた。**いい営業ができるかどうかは、準備に掛かっている。**それは店長時代のコウジも同じ考えだったが、野島はもっと具体的だった。毎日決まった時間にその日のリーダーがタイムコールをする。「4時です」とか「5時30分です」と元気よく声を掛ける。時間時間で完成している状態が決まっていて、その状態になっているかを一律にチェックするのだ。今日も完璧な準備ができている、というスタッフの自信になるのだった。これはコウジもぜひ取り入れようと思った。

学べば学ぶほど野島に尊敬の念を抱くが、同時に同じ弓池に学んでいる生徒として負けたくないとも思うのだった。それがさらにコウジの吸収欲を高めていた。

一緒に働いてみると美咲の気配りの素晴らしさには目を見張るところがあった。いつも笑顔で元気が良く、ファンも多かった。聞けば実家のある京都にフィアンセがいるらしい。コウジは、もし佐野が知ったらがっかりするだろうと思った。

そんな学びの多い環境の中、コウジにとって目障りだったのはトモの存在だ。事あるごとに、自分の経験や腕がいかに優れているかを見せたがった。

時にはコウジに対抗していることが明らかで、腹が立つこともあった。コウジのことを悪く言っていることも耳に入ってくる。

ある日、コウジがオーダーを取り違えてミスをした。

「コウジさん、そんなんで本当に自分の店を持つんですか?」とトモがコウジにつっかかる。むかっとした。仲間ならフォローし合うのが当然だ。

普段は不機嫌でクール。まるでナイフの刃のような男なのだが、開店してからしばらくすると突然明るいお笑い芸人のようになる。そんな二重人格なところもコウジは好きになれない。一体どっちのトモが真実の姿なのだろうか。

奇跡

野島の店で働き始めて2週間がたった。物件探しは上手くいっていない。やはり妥協して基準を下げるしかないのだろうか。

昼にコウジがカラオケ店で働いていると携帯電話が鳴った。見慣れない番号だった。出てみるとハワイアンレストランに改装すると言っていたビルのオーナーからだった。一体何の用件だろうか。

「もう物件は決まりました？」

「それが、なかなか理想的な物件が見つからないんです」

「そう。あの物件だけど、改装に使おうと思っていた資金が他のところで必要になって。そんなにやりたいなら、あの場所を使わせてあげましょうか」

コウジは耳を疑った。

「物件が空くということですか？」

「そうです。今年いっぱいは営業しますが、来年からだったら使っていいですよ」

これは夢だろうか。こんなことが起こるなんて。舞い上がる自分を落ち着かせ、家賃などの条件を確かめた。あの立地と坪数を考えれば妥当な数字だった。

コウジはもちろん使わせてほしいと伝えた。

「やっほー!!!」

電話を切ったコウジは思わず叫んだ。

何度も通って、こんな店をやりたいという話をしたのがよかったのだろう。

すぐさま弓池にも連絡を入れる。弓池も驚いていた。

「奇跡は行動した者にだけ起こるものさ。おめでとう!!」

オーナーの気が変わらないうちにと、翌日には物件を見て条件を確認した。

あの3つの中でも一番使いたかった場所だ。まるでドラマのようだ。まだ信じられなかった。

契約も無事に完了し、物件の見取り図を手に入れたコウジは、内装のデザインに取りかかった。業者は野島に紹介してもらった。

一方、週1回の弓池からのレクチャーはコウジのほうが時間を取れず、2週間に1回へと変更してもらった。教えてもらうほどに弓池の人間的な魅力に気づくのだった。

驚いたことに、弓池は自分が気づきながら成長していることを話してくれた。「話を聞いてもらえないと愛されていないって勘違いしていたことに気づいた」とか、「思考とは最も遅い創造の方法だった」などその多くはコウジにはぴんとこない話だった。はじめは弓池ほどの人が成長するということが信じられなかったが、話を聞いて本当に成長していることが分かった。


コウジの退職する日が近づいてきた。会社の仲間たちや取引先の人たちが何回か送別会を開いてくれた。その日は同僚たち5名が集まった。

「他にも来たい人がいたんですけど、あんまり大勢だと会社に知られるので今日は第1回目ということで」と後輩の男性社員が言った。彼とはコウジが経営企画室の頃によく昼ご飯を一緒に食べたものだ。

当然聞かれることは辞めてからのことだ。みんなが独立することを知っていたので、コウジは自分の店のプランを簡単に公表した。みなコウジの恵比寿店での活躍を知っていたので、上手くいくと言ってくれた。

「オープンしたら店に行きますよ」

「うん、みんなで行こう」

胸が温かくなる。その言葉にどれだけ励まされただろうか。

翌日はまた別のグループに送別会を開いてもらった。

「仕事が上手くこなせなくて悩んでいたときにコウジさんにアドバイスをしてもらったじゃないですか。今もこうして働けているのはあのおかげです」と頭をさげたのはコウジが相談に何度か乗ってあげた女性社員だった。今では精神的にも安定して活躍している。

他にもたくさんの同僚たちから感謝を伝えられた。

勝手に減給され、こんな会社など潰れてしまえばいいと考えたことがあったが、今思うとやっぱり自分はこの会社で働いている人たちが好きなのだと思った。

隔離されるために送られたカラオケ店だったが、やはり店とお別れするのを寂しく思う自分がいた。

仲良くなったお客様もたくさんいる。

よく利用していた主婦のグループが会計をしたときに、コウジが辞める挨拶をすると「寂しくなるわねえ、次の働き口は決まっているの？」と心配された。正直に海老名に店を出すことを話した。みんなで絶対に行くからと言ってくれた。ここからはかなり遠いので実際に来ることはないだろうが、そう言ってくれるだけで嬉しかった。最後には「記念に一緒に写真を撮りましょう」と囲まれ、両側から腕を組まれて写真を撮った。これでは記念というより捕虜のようだ。「次はみんなでキスしちゃおう」と言い出したのでコウジは丁重にお断りした。

カラオケ店は無事に閉店し、その翌日は後片づけだ。大門フーズの社員として働く最終日だった。

カラオケ機械の取り外しはコウジには分からないので、メンテナンスを請負っているマシオンという会社から作業服を着た技術者が来てくれた。大杉という名で、太っているが手足が長く、アメリカ人のような体型をしている。人の良さそうな八の字眉に男性では珍しいぷっくりした唇だ。

よく働く男で、朝から来て機械の取り外しが終わった後もコウジの仕事を手伝ってくれた。

大杉のおかげもあって、午後5時には全ての仕事が終わった。

コウジは礼儀を通そうと思って社長に電話をかけた。あいにく会議中で話すことができなかったが、秘書は電話があったことを伝えてくれると言った。

とうとうコウジの大門フーズの社員としての時間が終わった。

社長からの電話はなかった。以前ならコウジが電話したら必ず折り返しの電話が掛かってきたが、やはり辞める人間には社長はとことん冷たかった。何とも言えない寂しさが胸に流れこむ。

コウジは気持ちを切り替えた。これから独立起業の本番がスタートするのだ。

帰宅すると、夜遅かったにもかかわらず妻の琴美は起きていて「お疲れ様」と声を掛けてくれた。久しぶりに一緒にビールを飲んだ。

翌日、コウジはいつもの時間に目が覚めた。

会社に行く必要がないのだと思い出して、贅沢な二度寝を楽しんだ。

11時に起きると琴美はパートに出た後で、家の中には誰もいなかった。

これから昼間は開業準備のために動き、夜は野島の店で働かせてもらって勉強する日が続く。準備に全ての時間を使えることが嬉しい。

公園を30分ほど散歩した。新芽がそこかしこに顔を出し、ようやく春が近づきつつあることを告げていた。

家に帰って真っ先にしたことはスーツを全部捨てることだった。独立したらスーツは着ないものだと思っていた。片っ端からビニール袋に詰め込む。クローゼットのスーツがあった場所がぽっかり空くと、ついに自分は自由な独立起業家になったのだという解放感に包まれた。

その後、買った本で学んでいた会社設立のための書類作成など、事務作業をこなした。定款の作成で少し手間取ったが、役場の窓口で丁寧に教えてくれたのでなんとか自分で手続きができた。

会社の設立と並行して名刺を作る。ロゴのデザインは妻の琴美がやってくれた。オーダーしてから3日で刷り上がった。生まれて初めて自分の名前の上に〝代表取

"締役" の肩書きがついている。このときの感慨深さは一生忘れないだろう。自分が社長になるなんて昔は考えもしなかった。

会社を辞めてから1週間ほどたった日のこと。そろそろ外出しようと用意をしていると携帯電話が鳴った。飲料メーカーの井口だった。会社を辞めてから電話をもらえて嬉しかった。

井口の声は明るい。

「コウジさん、先日一度お断りした話なのですが、うちの商品を使っていただくことはご遠慮いただきたいのですが、協賛はさせてもらいます」

「ええと、どういうことですか?」

コウジには言っている意味がよく分からなかった。

「協賛ということで、機材を入れさせていただきます。ただし、大門フーズさんとの関係に問題が出ますので、商品を使うことはご勘弁願えたらと」

「でも、それじゃあ井口さんの会社にメリットがないじゃないですか」

「はい。これは純粋にコウジさんを応援させていただきたいという気持ちからです。

大丈夫です。部長には決裁をもらっています」

つまり何の見返りもなく百何十万円かの備品をまるまる寄付してくれるということだ。井口が掛けあってくれたらしい。意味が分かったコウジは胸がいっぱいになった。

「ありがとうございます。ああ、なんてお礼を言っていいのか」

そんな言葉でしか感謝を表せない自分が歯がゆかった。ここまでしてもらったら、何が何でも井口の会社の商品を使いたくなる。

本来、飲料メーカーは居酒屋などの店舗にビールなどの商品を直接卸すわけではなく、酒屋が卸す。だから、もしコウジが近所の酒屋から井口の会社の商品を卸してもらったとしても大門フーズが文句をつけることはできない。

「井口さん、ほとぼりが冷めたら使わせてもらっていいですか？」

「ええ、そうですね。しばらくは使わないでいただければ。私もぜひコウジさんにはうちの商品を使っていただきたいと思っていますから」

1年くらいは他のメーカーのものを使い、頃合いを見て井口の会社と取引を始めるという話をした。

電話を切ったコウジは、しばらく言葉にならない嬉しさを噛みしめていた。

(今までの自分のやり方は間違っていなかったんだな)

コウジは取引業者に対しても一緒に働く仲間という意識を持って大切にしてきた。会社から取引業者との付き合い方についてプレッシャーを掛けられても受け入れなかった。その姿勢が実を結んだ気がした。相手を尊重すればちゃんと助けてもらえるのだ。

独立を決めてから小さなことでもありがたく感謝するようになった。それはきっと困難なことが多いからだろう。サラリーマン時代も大変なことはたくさんあったが、これほど人からの支援が心に染みるような逆境は経験がなかったかもしれない。

資金はどうする？

内装のデザインが固まってくると、初期投資の金額が分かってきた。4000万円を超えた。当初の予算よりもずいぶん膨らんでしまった。広さが同じくらいの居酒屋の約1・5倍だ。井口の会社から協賛としてもらえる冷蔵庫などの備品を算入してもこの金額だ。

見積もり書を何度も見ながらコウジは悩んだ。どこか削れるところはないだろうか。

各部分の作り、材料などを見直していったが、せっかく出す自分の店に妥協はしたくないという気持ちが強かった。

初期投資の金額が多ければ、回収するまでに時間がかかる。長く借りれば金利分も増える。

資金調達の方法を迷ったがまず弓池に相談してみようと思った。

弓池はいつものように温かく迎えてくれたが、少し痩せたようだった。

今日は報告が盛りだくさんだ。デザインプランを説明した。下手だがイラストも描いてきた。

弓池は熱心に聞き、素敵な店だねと褒めてくれた。

「金額が膨らんでしまったのですが、かなり削ってもこの金額なんです。妥協してでも削ったほうがいいのでしょうか？」

「うん、そうだねえ。ビジネスはスポーツと一緒で、やればやるほど上手くなる。

スポーツって最初は無駄なところに力が入っているからとても疲れるけど、慣れてくると必要なところだけを使うからそれほど疲れなくなるよね。ビジネスでもお金の掛けどころが分かってくるものだ。でも今はそれが分からないのだから、安易な妥協はしないほうがいいと思うよ。後になってもっとお金をかけておけばよかったという悔いが残るからね」

「分かりました。今はどこを削っていいのか分からないので、これでいきます」

弓池もその考えに賛同してくれた。

「物件も決まり、会社も辞めました。本格的に始動する準備が整いましたので、ぜひ弓池さんにも出資していただきたいのです」

「おお、ついに来たね。では、事業計画を教えてくれるかな」

コウジは時間をかけて作った事業計画書のファイルを渡した。

「へえ、店の名前は《わ》なんだ。面白いね。誰でもすぐに覚えるよ」

「《わ》とは和食の〝和〟でもあり、みんなで作る〝輪〟であり、和やかな〝和〟であり、コミュニケーションを楽しんでもらう〝話〟なんです」

弓池はうなずきながらすでにページをめくり、目を通し始めていた。コウジは緊張しながら待った。最後のページまで見終わった弓池が顔を上げた。

「うん、だいたい分かったよ。野島くんから聞いているかもしれないけど、私は基本的にお金を貸すことはしない。その代わり、売上に応じて受け取るか毎月一定額をいただくことにしているんだ。失敗しても返済は求めないけど、投資した店舗が営業している間は支払いがずっと続くけどいいのかい？」

「はい、承知しています」

「一応言っておくけど、お金だけが必要なら銀行から借りたほうが条件はいいよ。きっと銀行への利息と私への支払い額を比較したら、営業を続ければ続けるだけ私への支払いは多くなるわけだし」

「弓池さんにアドバイスをいただけるなら、そのほうがずっと嬉しいです」

弓池はうなずいた。

「それと、契約は法人で締結するから、もし私が死んでも支払うことになるよ」

「生きている間にいただけるアドバイスで十分です」

コウジの冗談に弓池は眉毛をあげた。

「でも、もし来年に死んでしまったら？」

「だったら、1年の間に、弓池さんがいつ亡くなってもいいようにたっぷり吸収しますよ！」

そうコウジは笑って答えた。弓池も微笑んだ。

「それなら安心だ。でも、ちょっと気になる点があるね。資金計画についてあまり書かれていないけど、自己資本はいくら用意できるの？」

「3年前に借りている土地に家を建ててしまったばかりで、ほとんど貯金がないんです。最初の半年は収入にならないと考えていますので、生活費やローンの支払いとして取っておく額を考えると、出せても100万円程度です。その頃は独立するなんて思ってもいなかったので」

「そうなんだ。投資の話を持ちかけられた側としては**自己資金というのは覚悟の表れ**だと見なすんだよ。自分はこれだけの金額と同じだけの気合いを独立に賭けていますと。だから100万円というのは少ないね」

「それはごもっともです。でも、自分でも銀行からお金は借りるつもりです」

「そういうつもりなら理解できるよ。でも、銀行は担保になるような資産がないと難しいよ」

「家がありますが」

「土地を借りていると言ったよね。借りている土地は担保としてあまり評価してくれないんだ。公庫なら貸してくれるよ」

「コウコ？」

「日本政策金融公庫といってね、起業する人を応援してもっと会社を作ってもらおうという政府の政策だから、比較的簡単に借りられるよ。特に不況のときは、政府は積極的に創業を後押ししているんだ」

「ありがとうございます。行ってみます」

「では、こうしよう。私は君が他から用意できたのと同じだけの金額を投資するよ。つまり、最大で半分だね」

「半分ですか。はい。分かりました」

初期費用は4000万円なので、コウジがその半分を集めたら、弓池が約束の2000万円を振り込む、という約束をした。

コウジはもっと出してくれるものと思い込んでいたので、期待が外れてがっかりしたが、後から考え直してそれで十分だと思った。残り半分は公庫から借りればいいのだ。2000万円さえ集めればいい。心配だった資金調達は意外と簡単にメドが立ったと思った。

コウジは教えてもらった日本政策金融公庫に出かけていった。

建物も設備もどこか古く役所的な雰囲気だ。中に入ると図書館と同じにおいがする。

緊張しながら窓口に相談の内容を告げた。整理券を引いて順番を待つ。

ロビーには中小企業の経営者っぽい人や社名入りの作業服を着た町工場の社長さんのような人たちがたくさんいた。中には、深刻そうな人や疲れ切ってやつれた人もいる。きっとこの不況で資金繰りが厳しくなり、会社が倒産の危機に瀕しているのだろう。

1時間待ってやっと順番がきた。コウジは緊張しながらパーティションで仕切られた小部屋に入った。椅子もテーブルも古かった。テーブルには黄ばんで文字写りしたビニールマットが敷かれている。

眼鏡をかけた50代くらいの男性担当者と名刺交換をした。

「新規事業立ち上げということですね。どのような事業内容でしょうか」

コウジは事業計画書のファイルを渡して説明した。

「今までにその業種の会社にお勤めでしたか？」

「はい。6年間勤めていました。新規出店の経験もあります！」

思わず答えに力が入る。

新規開業資金として、同じ業種の会社に3年以上勤めていれば融資の対象になるとのことだった。

特に事業と設備に新規性があれば厚く支援される。コウジの場合は居酒屋なのでそれは受けられないが、希望の金額を伝えた。具体的に融資が可能な金額は審査によって決まるということだった。

建物を後にしたコウジは小さくガッツポーズをした。

「よしよし。確かな手応えだ。可能性が見えてきたぞ」

それにしてもジェットコースターのような毎日だ。がっかりしたり、喜んだり。会社勤めではこんなアップダウンの激しい体験はそうあるものではない。なんだか楽しくなってきた。

何日かして電話が掛かってきた。800万円までなら貸せる、ということだった。最初は少ないと思ったが、これを踏み台にして他からも資金を集めればいいのだ。もう一度出向いて指定された書類に記入し、手続きをした。それからしばらくして銀行口座にお金が振り込まれた。

コウジは記帳した通帳をしばらく眺めていた。800万円があれば何が買えるだろうか、などといけない想像をしてしまった。きっとそうやって道を外してしまう人もいるのだろう。

目標の2000万円まであと1200万円だ。なんとかなると思えてきた。しかし、ゆっくりもしていられない。不動産契約と内装工事の期日がある。保証金と手付け金を振り込まなければせっかくデザインが決まった内装工事も始まらないからだ。

お金はビジネスの血液

自分がお金を持っていない以上、誰かから借りるしかない。だが、ここにきて今まで他人にお金を借りたことがないコウジは途方に暮れてしまった。

一応銀行をいくつか回ってみたが、弓池が言った通り担保がないのでどこも相手にしてくれなかった。

こういう場合、普通は両親を頼るのだろうが、どうしてもできなかった。親からだけは借りることができない。なぜかと聞かれてもただ頼りたくないとしか答えられない。かといって、友人からお金を借りることにも大きな抵抗がある。断られるのも怖いし、事業に失敗したら友情まで失ってしまうかもしれない。

一応、佐野にも話してみたが、あきれるほどお金を持っていなかった。

コウジはだんだんと追い詰められていった。

誰か他にいないかと考えてみる。会社を経営している叔父さんの顔が浮かんだ。中学生の頃に叔父さんの会社を見たときに会社の社長ってかっこいいなと思った記憶がよみがえってきた。今はあまり業績が良くないという話も聞いている。親戚にお金を貸してほしいと頼むのは避けたかった。しかし、時間はどんどん過ぎていき、精神的にも余裕がなくなってきている。

迫る期限と行動できない心理との狭間で、コウジは自分に究極の問いを投げかけた。

このまま店を出せないで終わるのと、頼んでみるのとどちらがいいかと。

答えは即座に出た。


約束の夜7時。コウジは叔父さんの家の前に来ていた。会うのは2年ぶりだ。電話で会ってもらう約束は簡単に取れたが、いざ家まで来るとチャイムのボタンを押すことができない。夕闇の中で、コウジはもう1人の自分と格闘していた。滅多に挨拶にも来ないのに、こんなときだけ頼るなんて都合が良すぎるんじゃないだろうか。あきれられるのではないか。

「ダメだったらそれで仕方がない。頼むだけ頼もう」

そう自分に言い聞かせてえいっとボタンを押した。

コウジの心配をよそに、叔父さんはコウジを昔と変わらず温かく迎えてくれた。記憶の中の叔父さんより顔のしわは増えたがエネルギーのある目は変わらなかった。

玄関に入ると、子供の頃に何度も嗅《か》いだ懐かしい家のにおいがした。2年前に奥さんと死別し、今は会社に勤めている娘と大学生の息子と暮らしている。その2人はまだ帰っていないようだ。やたらと広いリビングに、大きなテレビが野球中継を映し出していた。節電のためなのか、それとも面倒なだけなのか、テレビの周辺の照明だけつけて、残りの4分の3の空間は薄暗かった。子供のときに遊びにきたあの人がいっぱいいいた明るい家とは別の場所のようだ。

「コウジ、久しぶりだな。今日は車か？」

「はいそうなんです。でも僕に構わずにどうぞ」

叔父さんは残念そうに2つ持ってきたグラスの1つだけにブランデーを注いだ。

最初は親戚の世間話をした。叔父さんの長女と長男のこと。コウジの子供のこと。叔父さんの会社のこと。もともと会社は、叔父さんの父親、つまりコウジの祖父が設立したもので、叔父さんは2代目となる。引き継いだときは従業員たちがまとまらず相当苦労したらしい。

お酒が回りすぎないうちにそろそろ本題に入ることにした。

「それで、今日時間をとってもらったのは、店を出す資金を集めていまして。どんな店なのか話を聞いてもらって、もし気に入ってもらえたら、貸していただくなり、投資していただくなり、何らかの形で応援してもらえたらなと」

経営者タイプの人にはプロセスを話すよりも、結論から話したほうが好まれる。

「分かった。話を聞こう」

コウジはファイルを開いて写真などを見せて、どうやってそこの物件を借りることができたのかを話した。緊張して喉が締め付けられ、何度か気づかれないように深呼吸をした。

叔父さんは「ほう」と相づちを打ちながら感心して聞いてくれた。

どうして自分がその店をやりたいのかを、大門フーズでの出来事から話した。

叔父さんはなかなか聞き上手で、口を挟むことなく最後まで聞いてくれた。コウジにはそれだけで嬉しかった。

これから収益計画などを説明するというところで、叔父さんは唐突に言った。

「いくら金が必要なんだ？」

「え？　はい。ええと、あと1200万円です」

コウジは声が小さくなったのに自分で気づいた。

「そうか。小さい金じゃないな」

叔父さんは腕を組んで天井を見上げて考えた。

コウジは叔父さんの次の言葉を待った。真剣に考えて、いくらかでも貸そうとしてくれているのが伝わる。

「うちもなあ、不況のあおりで資金に余裕があるわけじゃないんだ。悪いが長い期間は貸すことができないぞ」

「はい。公庫から借りる分は返済期間が長いので、開店して売上が入ったお金は、叔父さんに優先して返すことができます」

「そうか。……5月に800万を返せるか？　月末までに返してくれればいい。残りの400は半年後だ」

「5月末に800万ですか……」

5月に開店を予定しているので、たった1か月間で800万円を作り出さなければならない。無茶な話だ。だが、コウジに選んでいる余裕はなかった。

「分かりました。5月末には800万を、半年後には400万を必ずお返ししますので、よろしくお願いします」

コウジは深く頭を下げた。テーブルに額が触れた。

なぜそんなに簡単に大金を貸してくれるのか不思議に思い尋ねてみた。

それは感動的な話だった。

20年くらい昔のこと。叔父さんが彼の父親から引き継いだ会社は負債を抱えており、資金繰りに行き詰まっていた。知り合いに経営を引退した80歳くらいの老人がいたのだが、その人に頼みに行くと何百万円かをポンと貸してくれた。おかげで会社を存続できたのだが、すぐにその老人は亡くなってしまって、お金を返そうにも、遺族が誰もおらず返せなくなってしまった。

「だから、いつか自分のところにお金を借りに来る若者がいたら、同じようにポンと貸してやろうと決めていたんだよ。でもまさか、その相手がコウジだったとはな」

叔父さんの家を後にして、車を運転しているときにずっとその話を思い返していた。

80歳の老人の想いと、叔父さんの想いがコウジに流れてきている気がして感謝で胸がいっぱいになった。

すぐに弓池に電話で報告した。公庫と叔父さんから借りられたことで半分が集まったと興奮気味に伝えた。

「おめでとう。早かったね。よかったら今からでもうちに寄りなよ」

叔父さんの話もぜひ聞いてほしいと思ったので、コウジは夜遅いが寄らせてもらうことにした。

弓池の家に着いたときには10時を回っていた。

出迎えた弓池はまた「おめでとう」と言い、2人は握手を交わした。

弓池はスウェット姿で、「こんな格好でごめんね」と謝った。

カモミールのハーブティーをいれてくれた。ひと口するとほっと心も温まった。

「よく集めたね。成功するといろいろな人が寄ってくる。働きたい人、ビジネス上で協力したいという人、銀行も手のひらを返したようにお金を借りてくれと言ってくる。でも**成功する前に応援してくれた人たちのことは絶対に忘れてはいけないよ**」

「はい、絶対に忘れません」

叔父さんの顔が思い浮かんだ。それだけではない、弓池もそうだし、野島や井口も成功する前から応援してくれている人たちだ。

コウジは叔父さんが老人からお金を借りた話をした。弓池も驚いていた。

「しかし、君の場合は開店までがとってもドラマチックだね」

「え!?　みんなこうではないのですか？」

「家族に反対されるとか、資金が集められないとかいう段階で、あきらめてしまう人が多いからね。そういう制約がない人のほうが起業することが多いかな」

「そうなんですか。でも分かる気がします」

「最初のビジネスは大変なんだよ。最初というのはやり方も分からないし、手持ちの材料もないからね。2つ目になると労力は半分以下で済むよ。お金も借りやすいし」

それはうなずける話だった。お金を集めることがこんなに大変だとは思わなかった。

「で、借りたお金はいつまでに返せばいいの？」

「公庫は金利が安かったので12年です。親戚は、ええと3か月後に800万です」

「ええっ？　たしか2か月後に開店だよね。っていうことは、開店したその月に支払うってこと？」

「ええ、そうです。月末です。だから頑張って売上をあげるしかないんです」

コウジとしては絶対に支払いが遅れるような事態にはしたくなかった。信じて貸してくれた叔父さんを裏切ることになってしまう。

弓池の表情が険しくなっている。

「売上の予想はたしか６００万だったよね」

「普通の場合ですね。好調なら８００万です」

「好調の数字を土台にして考えるなんて……。それは最初から破たんする計画じゃない？」

「はい。そう思います。もし８００万に届きそうになかったら、金融機関から運転資金を調達することになります」

「ちょっと待ってね。お金はビジネスの血液だよ。初めから血液不足になる計画はまずいね。まあ、必死に集めた努力は認めるけど……。だって、仕入れの支払いも給料の支払いもその後にあるんだよ」

弓池の中で責めたい気持ちと理解しようという気持ちとが格闘しているようだった。

「資金計画が甘かったことは反省しています。すみません」

「私に謝る必要はないんだ。開店していないんだからまだ間に合う。これからは開業資金と運転資金は別に考えないと、せっかく開業してもお金がショートして営業が続けられない。みんなに迷惑を掛ける結果になるんだ」

こんなふうに弓池が厳しく言ったのは初めてなのでコウジは動揺した。もしかしたら自分は愚かなことをしているのかもしれない。お金を貸さないと言われるかもしれない。

開業資金にばかり目が向いて、運転資金というものをほとんど考えていなかった。改めて考えるとなんと無謀な計画だろう。よほど上手くいかない限り、1か月目から資金がショートするのは目に見えている。

「いきなり自転車操業ですね」

コウジの冗談半分の言葉に弓池が力なく笑った。

「今までに何人も起業家の相談を受けてきたけど、初月から自転車操業の計画なんて初めて見たよ」

1か月で叔父さんへの借金を返済できたとしても、翌月の1日から10日の売上で給料を払い、その後11日から月末までの売上で仕入れ代金などの支払いを確保しなければならないのだ。どこかでつまずくと後の計画が全部狂う。自転車操業というより綱渡りだ。

稚拙な資金計画を立てた自分を責める一方、なんとなくどうにかなるんじゃないか、という楽観的に見ている自分もいた。

弓池は腕を組んでしばらく何か考えていたが、次に口を開いて発した言葉はコウジにとっては最悪のものだった。

「コウジ、悪いが投資するわけにはいかない」

4 感動させるサービス

コウジの心臓がギュウっと締め付けられた。頭に浮かんだのは、料理長の佐野、飲料メーカーの井口、苦しい中でお金を貸してくれた叔父、そんな人々の顔だった。

「弓池さん、待ってください！　ここまで準備したんです。最高の物件が借りられたんです。それに僕には店を成功させた経験とノウハウがあります」

「それは十分に分かっている。そういうレベルの話じゃないんだ。君だったら、1か月目で破たんすることが分かっている計画に投資するかい？」

「それは…………」

言葉に詰まる。きっと投資しないだろう。それどころか、もし友人ならやめるように説得するかもしれない。

弓池の言っていることもよく分かる。しかし、ここまでやっとの想いでこぎ着けたのだ。

「弓池さんお願いします！　僕にチャンスをください！」

「……無理だ」

「本当に、本当にやりたいんです。お願いします」

弓池はソファから立ち上がって背を向けた。

「やりたい気持ちはちゃんと分かっているよ。いいかい。こんな計画でスタートすることは無謀なんだよ。君のためにもならない。危険すぎる」

「あの物件は、もう二度と出ない絶好のロケーションなんです。絶対に成功することが分かっている立地です。もし失敗したら損失は僕が全部かぶりますから。一生掛けてでも返済します」

背を向けたまま、腕を組んだ弓池は首を横に振った。

なんとか弓池を説得できないだろうか。コウジは説得に使えそうな材料を探し出した。

「そうだ、弓池さん。もし失敗しても確実に投資したお金を回収できればいいんですよね？　だったら、５０００万円の生命保険に入っています。受取人の名義を弓池さんに書き換えます。もし失敗したらそれで返済します！」

コウジは本気で頭を下げた。

弓池が振り向いて組んでいた腕を解き、険しい表情で言い放った。

「私がそんなことで喜ぶと思っているのか⁉　ビジネスなんて命を賭けてするものじゃない。そんなふうに考えて起業するんじゃない！」

かえって逆鱗に触れてしまった。

「すみません。でも弓池さん、今の僕にはそれくらい大切なことなんです。どうかチャンスをください‼　お願いします！」

コウジは頭を下げ続け、全身で懇願した。

弓池は口元を触りながら、窓の外に目をやってしばらく黙っていた。それから一つ深いため息をついた。

「……全く、君には負けたよ」

コウジが顔を上げると弓池と目が合った。あきれた表情だ。

「こんな起業家は君が初めてだよ。……資金計画は自転車操業だけど、そこまでの意気込みを持った君という人間に出資したくなったよ」

「……はい。ありがとうございます」

「ただし条件がある！」

コウジは厳しい条件を出されるのではとドキッとした。

「はい……なんでしょうか？」

「絶対に自殺しないって約束できるかい？」

「え……？」

意外な条件にコウジは驚いた。

「ビジネスが続けられなくなって、借金でどうしても首が回らなくなって、死ぬ以外の選択肢が思いつかなくなったら、迷惑をかけたみんなに謝罪の手紙を書いて夜逃げしろ。遠い地でゼロから再出発していつか倍にして返すんだ。

あきらめなければ絶対に成功できる。起業なんて5回もチャレンジすれば必ず1回くらいは成功するようになっているんだ。死んで詫びるなんてみんなを最低の気分にさせるだけだってことを忘れるんじゃないぞ」

「……はい」

「では、取引成立だ」

弓池が差し出した右手を握った。弓池の手は力強く、温かかった。

コウジはお礼を言いながら泣きそうになっていた。

数日後、弓池の会社から約束の２０００万円が振り込まれていた。コウジは通帳に深く頭を下げた。弓池に言われたことを思い出してまた胸が熱くなった。

公庫からの８００万円、叔父さんからの１２００万円、弓池からの２０００万円で最初に必要な４０００万円が集まった。

叔父さんにも弓池にも家族にも迷惑は掛けられない。絶対に成功しないといけない!!

それは、今までの人生で最も重いプレッシャーだった。

妨害工作

物件の内装工事が始まった。工事にはできるだけ立ち会い、仕様通りに進んでいるかチェックした。

それ以外の昼間の時間は自宅で事務仕事をすることが多かった。ダイニングテーブルが一時的な仕事場となった。

まず備品を揃える。飲食業の備品を卸している業者はたくさん知っている。レジの機械、食器とグラス、調理器具、割り箸などを買いそろえるのは大門フーズの人脈がそのまま使えるので簡単に終わるはずだった。携帯電話には役立ったくさんの連絡先が登録されている。

　コウジはその中の付き合いの長い担当者に電話した。独立することはすでにカラオケの店長をしていたときに話していて、相手からの協力を約束してもらっていた。

「コウジです。お久しぶりです。ついに独立しちゃいました！」

元気に話し始めたコウジだったが、相手は申し訳なさそうに謝りはじめた。

「すみません。いろいろと事情がありまして、中田さんにはご協力できないのです。本当に申し訳ないです」

すぐに察しがついた。井口の会社と同じように大門フーズの社長が手伝うな、もし手伝ったら取引をやめると指示しているのだ。

「ふざけるな!!　妨害しやがって」

　電話を切ったコウジはテーブルを叩いた。コウジの怒りが燃え上がった。試しに他の会社にも電話してみると、やはり同じ対応だった。きっと他の取引先にも同じ通達をしているだろう。

大門フーズは全国に展開している上場企業だ。どの取引先にとっても最大の得意客になっている。取引をやめられれば痛手どころか致命傷になる会社も多い。

（もうダメだ。せっかくの人脈が無駄になってしまった）

がっかりしていると、「本当にそうかな？　決めつけてない？」と弓池に言われたことを思い出した。

そうだ、全ての業者に連絡をしてみるまで、無駄かどうかは分からないのだ。圧力に屈するよりも自分との縁を大切にしてくれる会社が果たして1社でもあるのか。それを調べてみるつもりで、残りのリストに電話をかけてみた。

その結果、レジの会社とユニフォームの会社の2社だけが取引してくれた。その2社の担当者は同じことを言った。大門フーズと取引をしていたのではなく、コウジさんと取引をしていたのだと。コウジには救いの言葉だった。この2社とは一生大切に付き合おうと心に決めた。

野島に事情を話して、なんとか大門フーズとは無関係な業者を紹介してもらった。あとは電話帳で調べた。相手がどんな会社か分からずに取引をするのはリスクがあるが、それも仕方がない。

アルコール類などは近場の酒屋に卸してもらうことができた。

予想よりも手間取ったが、なんとかほぼ必要な備品を揃え、仕入れルートを押さえることができた。

その間にも工事は着々と進んでおり、自分の店が形になっていく過程を見るのは楽しかった。

夜は野島の店で働かせてもらっているおかげで、自分の店のイメージがさらに固まり、上手くいく確信がより高まってきた。知り合いからは、この時期に居酒屋を始めるのは無謀だと言われることも相変わらず多かったが、コウジはもう気にならなかった。

ただ、資金繰りのことを考えると不安とプレッシャーで眠れなくなった。資金が足りなくなることがはっきりしたら運転資金を借り入れるために走らなければならないだろう。

野島に悩みを漏らした。

「そういうものだ。その不安はスタートするまで消えないし、上手くいき始めると吹っ飛ぶ。不安だった気持ちを思い出すのが難しいくらいになるよ」

コウジも早くそうなりたいと思った。

いよいよ開店は1か月後に迫った。

内装工事、備品、仕入れルートの他に大切なのが人材だ。アルバイトの求人広告を打つ。面接は工事中の店で行う予定だ。

内装工事は7割くらいが完成している。あとは細かい棚や枠飾りやドアが組み込まれて、椅子とテーブルなどの備品が入ることになっている。工事中でも、実際に働く店を見てもらったほうが実感してもらえるだろう。

求人は新規オープンの見出しが目を引いたようで、30人以上の応募があった。コウジの携帯は絶えず鳴り、面接のスケジュールを組むので大忙しだった。

大門フーズではアルバイトの採用に細かな基準があった。全店共通のチェックシートがあり、時間に遅れないこと、身だしなみ、挨拶、敬語、店を選んだ動機、明るさと元気さ、働ける期間、受け応えの印象などで点数をつけていた。採用するかどうかは点数で判断し、基準以下の点数では採用してはいけなかった。

この方法は大型のチェーン店では役に立つ部分もあったのだが、自分が店長をしてみて、結局のところ働いてもらわないと分からないというのがコウジの結論だった。点数の低かったアルバイトがお客様を喜ばせる快感を知って素晴らしいスタッフに成長した例はいくつもあった。

そもそも、居酒屋でのアルバイトの面接に来るのは仲間と楽しく働きたいとか、効率よく楽に稼ぎたいという学生がほとんどだ。

コウジは全く違う方法で面接をしてみるつもりだった。敬語や身だしなみではなく、想いを共感できるかどうかで選びたかった。この店をどんな店にしたいかという想いと、接客業の喜びを伝えてどの程度共感してくれるかを見てみたかった。もちろん相手の想いも聞かなければならない。1人の面接を30分から1時間かけてお互いのことを知り、がっちり握手ができたら採用する。

電話の段階で、採用しても働ける時間が明らかに少ない人は断って、30人の応募から十数人にまで絞った。

面接でコウジはお客様を喜ばせることの楽しさを話した。ただお酒と料理を出し、あとは勝手に楽しんでもらう場ではない。お客様1人ひとりとのつながりを大切にして、居心地のいい空間を作りたい。そんな話をしながら、相手がどれだけワクワクしているか、目を輝かせているかを見る。面接に3日間かけて、男性4人、女性2人をアルバイトとして採用した。

《わ》の開店が近づき、野島の店での修業も残りわずかとなった。

その日夕方6時にコウジが町田店に出勤すると、野島が相談したいことがあると言ってきた。

店の外で話したいとのことで、開店前に例のカフェに移動した。

「コウジのところ、バーテンダーがまだ見つかってないって言ってたよな？」

「ええ」

「うちのバーテンダーの2人のことなんだけどさ。2人とも腕はいいんだけど、ちょっとこのまま置いておくのもどうかと思っているんだ。実は、淵野辺の店の店長が辞めるって言い出してさ。しばらくは俺が入らないとまずそうなんだ。俺がこっちの町田店を空けると、バーテンの2人は上手くいかないと思うんだ」

町田店のバーテンダー2人は仲が悪かった。

元からいるバーテンダーは野島の昔からの知り合いだ。楽しんで働くタイプだ。

お客からの受けもいい。

後から来たトモはバーテンダーの道を極めたいと思っており、昼間は会社員として働きつつも技術を向上させたいという想いが強い。自分の価値観をしっかり持ってはいるが、完璧主義で好き嫌いが激しい。

そんな2人はよく衝突していた。

「だからさ、コウジの店でトモを使ってほしいんだよ」

「トモですか……」

「美咲もヘルプで行かせるから。美咲もトモも腕はいいから。まあ、レンタル移籍だな。美咲はいいって言ってる。トモにはまだ話してない」

「美咲みたいなスタッフが来てくれたらとてもありがたいです。でも、たぶんトモは断ると思いますよ。トモが優秀だってことはもちろん分かっていますけど」

「断るかな？」

「僕のことを嫌っているようです」

「そうか？　確かにあいつは人の好き嫌いが激しいからな。トモも根はいいヤツなんだ。頼むよ」

「……分かりました。でもトモが何と言うかですよね」

恩がある野島の頼みを断れなかったのもあるが、なぜか直感的にこれは自分が成長するために引き寄せている出来事だと感じた。

それから2人は店に戻った。野島はすぐにトモを呼んで話した。その後、にこにこした野島がコウジに近づいてきた。

「トモはOKだってさ」

「え、本当ですか!?」

トモに直接聞いてみることにした。カウンターで無心にグラスを拭いている。

「トモ、うちの店に来てくれるって本当？」

「はい、行きますよ」と軽く答えたトモに「それはありがとう。助かるよ」とコウジは感謝したものの複雑な心境だった。本当に上手くやっていけるだろうか。チームワークを乱す存在になりはしないだろうか。

その数日後の昼間、内装工事は大詰めを迎えていた。ドリルの音やハンマーで釘を打つ音が響く中で、コウジはパソコンを使って仕事をしていた。

買い物から帰ってきた佐野が慌てた様子でやってきた。

「コウジさん、向かいのビルにダイジロウがオープンするみたいですよ」

「ええっ、本当!?」

佐野について店の外に出てみた。佐野が通りの斜め向かいを指差した。

「ほら、あの作りはダイジロウですよね」

紛れもなく扉の枠はダイジロウの装飾だ。

「本当だ。間違いなくうちをつぶすために出店してきたな」

「くっそー、腹立ちますね」

大門フーズの社長が一声で動かしたのだろう。

恐らく就任する店長にはコウジの店には絶対に負けるな、客を全部引っ張ってこいという絶対命令が下っているはずだ。

仕入れ先への通達など何度も妨害された記憶とともに、怒りがよみがえる。

ダイジロウは新規出店に慣れているので物件さえ決まればあっという間にオープンできてしまう。工事の進み具合から見てオープンの日は恐らく《わ》より1か月ほど遅れるだろう。

「大丈夫だよ。うちとダイジロウは客層が違うから」

佐野を安心させるために言ったのだが、コウジの心はざわついていた。

(店長は誰だろう。何か対策が必要だろうか。嫌がらせでもしかけてこないだろうか)

次から次に気になることや心配事が出てきて心が囚われてしまう。

ネガティブなことを気にしている自分に気づいた。これでは社長の思うつぼだ。

(絶対に負けるものか。《わ》を最高の店にするぞ!)

コウジは工事中のダイジロウを見て心に誓った。

ふつふつと沸く怒りのエネルギーがコウジのやる気をかき立てた。

アルバイト研修

トモ、佐野、美咲の3人をコウジの会社の社員とした。

トモは本格的にバーテンダーの道を極めるつもりになったらしく、昼間の会社を辞めた。

佐野は1週間前に無事に退職し、食材を仕入れてきては店で試行錯誤していた。

佐野は思いがけず美咲と一緒に働けることになりとても嬉しそうだ。

開店まであと2週間となった。

アルバイトを含めたスタッフの教育を始めた。

まずテーブル番号を覚え、オーダーを通すときの略称を統一した。

それらが覚えられたら、一連の流れをロールプレイで何度も練習する。入り口、ご案内、おしぼり、ファーストオーダー時のおすすめ、追加などのオーダーテイク、お会計、お見送りの流れだ。まずは〝基本のサービス〟をしっかりと覚えてもらう。

練習している間に備品が次々に届き慌ただしい。

開店の1週間前になると、コウジは野島の店での修業をやめて自分の店の準備に集中した。

どうしても気になるのは向かいのダイジロウの存在だ。絶対に負けたくない。そのためにはダイジロウよりも全てが高いレベルでなければならない。

もう一度収支計画を立て直した。

「厳しいなあ」

ノートパソコンのエクセルで作った表を見ながらつぶやいた。

月末に800万円を返済できるようにするための売上目標だ。1か月の売上目標を日ごとに割り振っていくと、とんでもない1日の数字ができあがった。

大門フーズ時代の恵比寿店で1か月600万円の売上だ。そのときの席数は50席だった。今度の店は60席だが、場所は神奈川県の地方都市だ。いつも満席状態でないと1か月800万円にはならない。

昔自分が社員だったときは、このような無理な目標を押しつけられるとよく文句を言ったものだ。しかし、今となっては文句を言う相手は誰もいない。これが経営者と社員の立場の違いなのだなと思った。

途中で資金繰りのために金融機関を回ることを頭に入れつつ、とにかくやるしかないと腹をくくった。

調理に必要な器具は全て整った。佐野は店の調理場に朝から夜遅くまで入っている。時には徹夜で試作することもあった。その情熱の固まりのような姿は他のスタッフにもよい影響を与えている。コウジはやはり佐野を誘って間違いなかったと思うのだった。

佐野が作ったものをコウジが試食する。もっと塩を多くとか歯ごたえをこうしてほしいなどと要望を伝えて、佐野が調整していった。コウジが微妙な味の違いが分かるので佐野から「コウジさんはすごいなあ」と感心されることも多かった。

大門フーズのときもコウジが美味しいと思った料理はお客様の評判もよかった。同じ料理でも質の違う材料を使っていたらそれを言い当てることができた。

味が分かると言っても、正確に言うと味を決める大きな要素はにおいなのだ。風味というやつで、この風味の割合が意外に大きいのだった。そうした味覚や嗅覚の敏感さは料理人と付き合うときに必要となる。料理人も味が分からない人間には口出しされたくない。

開店まで2日。

向かいのダイジロウに大きな横断幕が張られ、オープンする日が告知された。1週間後だ。予想より速いスピードで工事が進んでいる。

いつもならこんなに大々的に宣伝はしない。しかも、《わ》のオープンに合わせて横断幕を作っているのだ。それがコウジを苛立《いらだ》たせた。

今日はメニューの試食会だ。コウジと佐野で作ったメニューをアルバイトも含めてスタッフみんなに試食してもらい最終決定をする。

メニューブックをスタッフ全員に渡す。テーブルの上にはその全ての料理が並んでいる。

佐野が1品ずつ材料は何か、どうやって作っているのか、特徴などを説明していくのだが、あまりに下手なので途中からコウジが説明を代わった。

どの品も反応はとてもよく、口々に美味しいという言葉が聞かれた。

スタッフに認めてもらえて佐野もコウジも嬉しく自信になった。それは他のスタッフも同じで、自分が心から美味しいと思えるものをお客様に提供できることが喜びになるし自信にもなるのだ。

そして、ひと皿ずつその商品に付随するアイテムのとり箸や醤油猪口《ちょこ》などをメモし、オーダーが入ってからお客様のテーブルまで提供にかかる時間も把握してもらう。

試食はひと口ずつだが、20皿、30皿と食べるとお腹がいっぱいになってくる。

試食が終わってから、料理を提供するときのひと言についてアイディアを出し合いながら練習した。

明日は全ての手順を総復習する。そうすれば万全の態勢でオープンできる。

いよいよ、開店前日。

注文していた看板が届いた。大きさも重さも立派な看板だ。杉の一枚板に「居酒屋　わ」という文字が彫ってある。《わ》の文字は大きく、遠く離れても読むことができた。

午後5時に最後の接客の研修が終わり、コウジは1人店舗の外に出て看板を眺めた。西日に照らされた看板の文字に光が当たって輝いている。

「これが自分の店なんだ」

とうとう夢が実現する。こんなに最高の立地で、自分の理想の店を出せるのだ。

この独立までの数か月を思い返した。なんと濃い時間だったことだろう。大門フーズでの出来事が遠い昔のことのように思える。妻と子供を連れてあの日本料理レストランに家族で入ったこと、大門フーズに就職したこと、恵比寿店を立ち上げたこと、野島との出会い、弓池との出会い、この物件と出会い、資金集めに苦労して叔父さんがお金を貸してくれたこと、弓池に頼みこんだこと……。

全てはこの《わ》に流れこんでいた。みんなの協力と応援が集まっている。

（弓池さんや叔父さんの期待に応えるためにも、頑張ろう。止めようとしたみんなをあっと驚かして見返してやるんだ。絶対に成功させてみせるぞ）

今まで仕事でこんなに燃えたことはない。大門フーズで恵比寿店を立ち上げるときも高揚感はあったが、全く次元の違うものだった。

「コウジさん、スタッフは準備ＯＫです」

佐野に声を掛けられた。

これからスタッフみんなで周辺の会社を訪問して、手作りのチラシを配ることになっている。

コウジが指示して、みんなで手分けをして営業に回った。アルバイトたちも一生懸命に歩いてくれた。

それが終わると、駅前でのチラシ配りだ。ちょうど帰宅時間で会社帰りのサラリーマン、ＯＬ、大学生たちが往き来している。

「明日開店の居酒屋です。どうぞよろしくお願いします」

チラシを差し出すと2人に1人は受け取ってくれた。

絶対に成功させてやるという熱い想いがエネルギーとなってコウジを動かしてい

た。

ダイジロウが開店する前でよかった。並ばれてチラシを配られたらたまったものではない。

居酒屋《わ》開店

コウジは朝10時から店に入っていた。

昨日は夜遅くまで準備しており、興奮からゆっくり眠りにつくことはできなかったが、疲れは感じていない。

佐野が仕入れから帰ってきた。

「仕入れが一部間に合いません。このままだと2品用意できなくなります」

「じゃあ、1時間に1回仕入れ先に電話しておいて！」

コウジとしては完璧な状態で開店したい。初めて店に来たお客様を満足させられるかが大切なのだ。ダイジロウに勝つためにも今が勝負だ。

佐野は仕込みを始める。コウジも開店までにやることがいくつもあり、ピリピリとした空気が流れていた。

昼頃から開店祝いの花がいくつも届いた。仕入れ先からいくつかと、部活の仲間たち、弓池、野島そして叔父さんからも届いた。

弓池からは夜9時くらいに顔を出すと連絡があった。コウジは満席の店を見せたかった。その時間に席が埋まっていることを祈った。野島よりも優秀な生徒でいたい。

午後1時。トモと美咲が出勤しそれぞれの準備を始めた。

佐野は仕入れ業者に何度目かの催促の電話を掛けていた。間もなく品物が届くということだった。

午後3時。まかないの時間だ。佐野が親子丼を作った。これならメニューに入れてもいいくらいだとトモが言った。コウジは1分でも惜しくてかき込むようにして食べた。

遅れていた品物が届き、予定していたメニューは全て出せるようになった。佐野はほっとした様子だ。コウジが目指していた完璧な状態が1つ達成できた。

午後4時。4名のアルバイトも加わってのミーティング。今日の予約の確認、日替わりメニューとおすすめの確認、シフト確認、お客様情報を共有する。

今日の売上目標を伝えて、最後にコウジが締めの言葉を述べた。

「今日は記念すべき初日です。ダイジロウが来週開店しますので絶対に負けないように、みんなで力を合わせて完璧な料理と完璧なドリンクと完璧なサービスで、お客様を圧倒し、そして感動させましょう。でも笑顔を忘れずに！　よろしくお願いします！」

「よろしくお願いします!!」

コウジの気合いが伝わった。みんなの表情が引き締まった。

解散し、それぞれの仕事に取りかかった。

佐野が美咲のことをしきりに気にしている。今はそれどころじゃないだろう。コウジは肘で脇腹を小突いて「よそ見して包丁で手を切るなよ」と注意した。

アルバイトの接客が不安だったので最後のチェックをした。

さあ、いよいよだ。

きっと上手くいくという自信が半分、本当にお客様は来てくれるのだろうかという不安が半分といったところだ。

そこに美咲が笑顔で嬉しい知らせを届けに来た。

「コウジさん、もうお客様が外で待っていますよ」

誰かの友人かと思ったがそうではなかった。一般の客だ。チラシを見て来てくれたのだろう。時計を見ると開店まであと10分ある。

「どれくらい前から待っているの？」

「5分くらい前からです」

「えっそんなに!?　ちょっとさあ、お茶くらい出そうよ」

「え？　は、はい。すみません」

慌てて美咲が用意する。

（なぜ気が回らないのだろう）

コウジは自分で少し余裕がなくなっていることに気づいて、ゆとりを持つよう心掛けた。

いよいよ本当に店が始まるという緊張が高まった。

開店時間だ。

最初のお客様はコウジが案内した。スタッフが元気よく笑顔でお迎えする。

ひと組の夫婦を見てオープンキッチンに立っていた佐野があっと声を上げた。佐野の両親だった。コウジは初めて会うが、お父さんは工務店の棟梁《とうりょう》だけあって威厳のある精悍《せいかん》な顔つきだった。お母さんは優しそうだ。佐野の優しい面はきっとこのお母さんの影響だろうなと思った。両親は気を遣ったのか、佐野の前のカウンターではなくテーブル席についた。

注文に応えるために佐野は必死に包丁をさばいている。とてもお客様と会話ができるような状況ではなかった。

夜7時には8割の席が埋まった。会社帰りのサラリーマンよりもカップルや女性客が多かった。昨日のチラシの効果が思った以上に大きい。チラシを見た人たちが立地のよさと新規オープンの珍しさで立ち寄ってくれたのだ。

次々に注文が入る。佐野は前にオープンキッチンで料理するのは緊張するから嫌だと言っていたが、この状況ではそんなことを気にしている余裕はなかった。調理場のアルバイトも炙《あぶ》りや盛りつけを担当し、なんとか注文に追いついている。

佐野は料理を作るのに一生懸命すぎて、せっかくのオープンキッチンなのにお客様とひと言も会話がない。ずっと下を向いたままだ。せめて料理を出すときくらいお客様と目を合わせてくれと思った。

トモはさすがに手慣れている。お客様と会話しながら見事な手さばきでカクテルを作る。その華麗な手の動きを見た客たちは感嘆の声を漏らした。

同じ野島の店で活躍していた美咲は、常にテーブルに目配りをして、お客様に声を掛けられれば笑顔で対応していた。美咲が来てくれて本当に助かった。

コウジは正直なところ開店の喜びを味わっている余裕はなかった。やるべきことがあまりに多かった。注文は厨房に通っているか、品は揃っているか、アルバイトの接客にミスはないか、テーブルに取り皿は足りているか。ちょくちょくミスが起きるのでフォローに気が抜けない。お客様の笑顔が見えたときや美味しいという声が聞こえたときはほっと安堵することができた。

会計を終わったお客様をコウジはひと組ずつ心を込めてお見送りした。店は2階にあり、出口から階段下までお客様を先導して降りる。その間に店や料理やお酒についての感想を聞けるのだった。

「美味しかったよ」「また来ます」「いい店ですね。頑張ってください」そんな褒め言葉をもらっても、気を遣ってではないのか、心からの言葉なのか、と疑う自分がいた。

夜9時を過ぎた頃、大門フーズの元同僚たち4人が来てくれた。

「内緒で来ちゃいました。まだ向かいのダイジロウはオープンしていないし」

と事務の女の子が言った。もし会社に知られたら大変なことになるだろうに。

席について店を見回し、口々にいい店ですねと褒めてくれた。佐野の作った料理を口にしたときには美味しさがその表情に出ていた。

「いいなあ、コウジさんのところで働きたいなあ」

と1人が言った。

「いいよ、来てよ。あ、でもばれたらもう1軒ダイジロウが開店しちゃうかもね」

コウジのブラックな冗談で笑いが起きた。

向かいのダイジロウの情報を教えてくれた。コウジが思った通り、社長の一声で《わ》に対抗するための刺客として送り込まれた店だった。

「店長は誰なの？」

コウジが一番知りたい点だった。彼女がそっと教えてくれたその人物の名前を聞いてコウジは思わず「それって間違いない？」と確かめてしまった。コウジもよく知る優秀なあの秋山だったのだ。なぜ秋山ほどの人材をこんな場所に異動させるのか。社長は本気で潰しにかかっている証拠だ。不安で胸のあたりがざわついた。

約束していた9時に弓池と野島が現れた。

こうして店のお客様として迎えてみると、2人は普通の人とは明らかに違うオーラを発していると感じた。

弓池は笑顔でコウジと握手した。

「おめでとう！　本当にいい立地だよね。とても目立っているからすぐに分かったよ。それに入り口もとてもいい。看板がいいね」

コウジはお礼を言ってから、隣の野島と握手した。

「いいじゃないか。コウジのこだわりが詰まってるな。うちのトモと美咲はどうだ？」

「ええ、本当によく働いてくれて、助かっています」

「トモも大丈夫か？」

野島は声を潜めて聞いた。

「ええ、問題ないです」

コウジの答えに野島がほっとした表情を見せた。

10時を過ぎた時点ですでに1日の売上目標を超えていた。無理だと思っていたあの数字を軽々超えてしまった。この後どれくらい伸びるのか楽しみだ。

気になるのは弓池と野島の反応だった。どのような評価なのか。それを率直に聞くのは怖い気がした。

弓池たちは1時間半ほどで席を立った。見送るときに弓池から握手を求めてきた。

「いやあ、本当に素敵な店だよ。こんな店に投資できて嬉しいね。ありがとう」

「とんでもありません。こちらこそどれほど感謝していることか。今日は売上が目標を超えました」

「そう。すごいじゃないか！　やっぱり経営者の意気込みが違うからだろうね。ところで、コウジは楽しんでる？」

突然の質問に不意を突かれた。

「はい……ええ、もちろんです」

それならよかった、と笑顔を見せて去っていった。

大門フーズの同僚たちも帰り、オーダーはドリンクやデザートが中心になってきた。そば粉を混ぜたきな粉とアイスクリームを使った〝そばあんみつ〟が好評で用意した分は売り切れた。

ラストオーダーの11時30分。集計すると売上目標を20パーセント超えていた。

スタッフに伝えるとみんな小さくガッツポーズをして喜んだ。

12時。閉店だ。最後のお客様を見送った。

「お疲れ!!　みんなよくやってくれたよ」

扉を閉めてコウジがねぎらいの言葉を掛けると拍手が起こった。良い気分だ。

後片付けをして今日の反省会を行った。

あらためて売上の数字を報告。大きな拍手。だがコウジは売上については舞い上がる気持ちをあえて抑えた。目標の1・2倍を達成したが今日は知り合いがたくさん来てくれたのだ。ここで喜んではいられない。

「無事に初日を終えることができました。いろんな問題も起きたけど、それでもたくさんのお客様に来店していただきました。佐野の料理はすごく好評だった。大門フーズの同僚たちも驚いていたよ。ありがとう。美咲はアルバイトをよくフォローしてくれました。ありがとう」

コウジは1人ずつ褒めてねぎらっていった。その後で改善点をいくつか挙げた。

佐野には話さなくてもいいから、料理を出してどうぞと言うときに目を見ることだけはするようにと伝えた。

トモに「もう少し笑顔を」と言うと、返事はなく表情が硬くなるのが分かった。アルバイトたちにはあえて言わなかった。みんな初日を乗り切るのに精一杯だったし、営業中に何回も指摘をしていたからだ。

家に帰ってシャワーを浴びると疲れがどっと出た。

コウジの目指すサービスの基準は高く、今日は自己採点するなら70点だった。これではオープンするダイジロウの低価格に負けてしまう。しかも店長は優秀だ。もっと良くできる。お客様に感動や感激していただくサービスを提供しなければ。

なぜか、弓池に別れ際に聞かれた「楽しんでる？」という言葉が耳によみがえってきた。

この店らしさって何ですか？

2日目、3日目と数字は落ち、売上目標に惜しいところで届かなかった。このままなら叔父さんに返済する予定の金額には届かないかもしれない。そう考えると、足下の地面が崩れ落ちるような感覚がした。

コウジはなんとか売上を伸ばすことはできないかと頭を悩ませた。

サービスには改善の余地がたくさんあった。アルバイトには1時間早く来てもらい、コウジが教育することにした。〝基本のサービス〟は大分できているので、お客様の〝我慢〟に気づくことを教育した。そのために、全部の席に座らせた。**お客様視点を持たせる**ためだ。

教えていると、ついつい厳しくなってしまう。できていないところを指摘してしまう。それだと自信を失わせるし、やる気が下がってしまうので、できているところを認めるように気を付けた。

彼らがスムーズに接客できるまでにはまだ時間が掛かりそうだ。

4日目から、閉店後のミーティングで激論が交わされるようになった。

その日、トモがお客様にウケるために店内を走ってわざと転んでみせたのだ。トモは芸人モードのスイッチが入ると、別人のようになる。コウジにはそれが我慢ならなかった。

「トモさあ、店の中を走るのはダメだろう」

「何でダメなんですか。ウケてましたよ」

トモは憮然と言い返し、引かなかった。今まで潜めていた反抗的な態度が表に出た。売上が目標に届かない苛立ちもあり、コウジもきつい口調になってしまう。

「確かにお客様は笑ってくれたよ。でも何でもありにしちゃうのもね。まるで下ネタで笑いを取るような感じなんだよ。もっと上質なサービスでお客様を満足させるほうがこの店らしくないかな」

「この店らしさって一体何ですか？」

議論は沸騰し、コウジだけではなく全員の想いが衝突し、ついには訳が分からなくなった。気づけば朝の4時になっていた。

コウジとしてはこのように意見を戦わせて、とことん話し合うことも大切だと思っていた。

本来、コウジがオーナーなので店の方針はこうだと決めてもいいのだが、前の会社のように上からこうしろと指示するのだけはやるまいと決めていた。だから権限を振りかざすことなくコウジも同じスタッフの1人として話し合った。それもあって簡単に結論がでなかったのだ。

そして、この日から事あるごとに議論が紛糾し、意見が対立した。特にトモとコウジの間で火花が何度も散った。

ある日には、スタッフがお酒を飲むことについて議論した。

佐野が料理中にお客様から勧められて飲んだ。そして、酔って悪のりして野菜でジャグリングをした。お客様は拍手喝采の大喜びだったが、コウジとしては食べ物をそのような道具に使うことに抵抗があった。同じようによく思わない人も他に絶対いるのだ。

「食べ物でジャグリングするのはやめてくれないか」

佐野はしゅんとなったが、コウジの意見にまたしてもトモが喰ってかかった。

「あんなにお客様が喜んだのに、なぜやめる必要があるのか分からないですね」

「喜ばせると楽しませるは違うんだ。あれは楽しませただけだ」

弓池の言い方を真似てみた。するとトモが鋭く突っ込む。

「何がどう違うんですか？」

回答を迫られて言葉に詰まった。

「要するに、上質な客が店に来なくなることが問題なんだよ」

とコウジは言い逃れた。もちろんトモは納得できない。

面倒なのは、トモは野菜のジャグリングについてはOKの立場だが、お酒を飲むのは仕事が終わってからにするべきという立場であることだ。逆にコウジは少しくらい飲んでもいいと思っている。トモはバーテンダーとしてそこは譲れないようだった。師匠と仰ぐ人物に、プロは酔ってはいけないと教えられたらしい。

トモは野島の店を引き合いに出した。野島もお客様のテーブルに一緒に座って飲むが、それは12時を過ぎてからだ。それ以前は絶対に飲まない。

コウジは野島と比べられたようで腹が立った。

2人に対して美咲はどっちも面白いからいいと思う、と言って佐野を喜ばせた。

当人の佐野は、自分は話が苦手なので、せめてお酒くらい勧められたら飲まないといけないのではないか。それくらいしかお客様を喜ばせられないと思っている、と言った。

みんながそれぞれの意見を言い、それぞれの気持ちを吐露し、それぞれの立場を主張して、話し合いに疲れ果て、やっぱり最後は訳が分からなくなった。

ジャグリングから数日後、今度は〝火噴き〟で議論が紛糾した。芸人モードのトモがライターを持ってウォッカを口に含み、火を吹いてみせたのだ。狭い店内でそれは危険だからやめてくれとコウジはお願いしたが、美咲と佐野は別にいいのではとトモを擁護した。

　こんなことで、毎日のように朝まで大激論を繰り返した。

　ほとんどのテーマは結論が出なかったが、佐野が発端となった〝飲酒問題〟だけはある事件がきっかけで決着がついた。

　佐野はいつもの常連客にお酒を勧められ、夜8時から飲み始めてしまった。トモはそれを見てムッとしている。コウジはほどほどにしろよと言っておいた。ところが、連日の徹夜会議のせいもあったのだろう。佐野はいつもよりも酔いが回ってしまい、10時には全く料理ができなくなった。オーダーが入っているうえに、ラストオーダーまではまだ時間がある。

　仕方なく厨房で手伝っていたアルバイトやコウジが作れる範囲の料理を出した。しかし、半分以上は作り方が分からないので注文を断らなければならなかった。なんという責任感のなさだとスタッフ全員があきれてしまった。

　腹が立ったコウジは、厨房の片隅で倒れた佐野に、邪魔なのでとにかく今日は帰れと言い、店から追い出した。

夜11時を回った頃、常連客の1人から「駅前でここの店員さんが植木につっぷして寝ている」との情報があった。コウジが見に行くと、佐野が駅前の植え込みの中で倒れていた。

放って置くわけにもいかないので、アルバイトに来てもらい2人で担いで店に連れて帰った。

この事件によって「夜11時まではスタッフは飲んではいけない」というルールが決まったのだった。

それ以外はなかなか最終的な結論らしいものは出ず、だんだんと営業終了後のミーティングをみんながストレスに感じるようになってきた。睡眠時間が削られるのも疲れを蓄積させてしまう。

コウジなどはいちいち衝突するトモのことが憎らしくなってきていて、どう説得すれば分かってもらえるのかと考えて眠れなくなることもあった。半分は意見の違いだが、もう半分はただトモがコウジに抵抗しているだけのように思えるのだ。

この頃、胃のあたりにずっと不快感がある。

これだけ価値観が違うと、一緒にやっていくことは難しい。野島に言ってトモを引き取ってもらうことを考えていた。

体の異変は何のサイン？

ダイジロウのスタッフがチラシを配り始めた。《わ》の前を通る人をターゲットにしてチラシを渡していることは明白だ。

コウジは怒りとともに、寂しさを感じていた。秋山が挨拶に来ないことに対してだ。商売を始めるときには周辺の店に挨拶くらい行くものだ。まして、大門フーズでコウジとは知り合いだ。２人の間に恨みはないはずなのだから顔くらい出すのが礼儀だ。

《わ》のスタッフとは知らずに渡されたアルバイトがそのチラシを持ってきた。

Ａ４サイズのカラー印刷で紙も厚く立派な作りだ。

「居酒屋にそんなに高いお金を払うのですか？」という大きな見出し。ドリンクや主力の料理が写真付きで価格とともに紹介されている。

「グラスビールが２５０円か……オープン記念価格とはいえ安いですね」

アルバイトの１人が感心している。大量仕入れできる全国チェーンといえども、ほとんど利益はでない価格だ。

「むかつくなあ」

佐野は目を三角にして怒っていた。

コウジはミーティングで全スタッフに対してダイジロウに対する姿勢を確認した。

「ダイジロウとうちとでは客層が違うんだよ。安く飲み食いできればいいというお客様は、うちにはもともと来ていないんだ。だって、他の大手チェーンは前からこの近所にもあっただろう。うちは《わ》のサービスを提供すればいいさ。このビールの価格だって期間限定だ。この価格をずっとは続けられない。完璧なサービスでお客様を感動させよう。ダイジロウに勝つんだ」


ダイジロウがオープンする日が来た。

営業時間にもかかわらず、6人のスタッフが路上に立って道行く人にチラシを配っている。チラシ配り要員として他店からも応援が来ているのだろう。

《わ》を潰すためにチラシを撒けと指示されているようで、これから《わ》に来店するお客様だけではなく、食事が終わり店を出たお客様にも待ち構えていたようにチラシを渡そうとする。そのえげつないやり方にスタッフみんなが腹を立てていた。

「ふざけんなですよ。ちょっとひと言いってやりましょうよ。オレ行ってきますよ」

佐野が包丁を持ったまま息巻いた。本当に包丁を持って出ていきそうだ。

「大丈夫だ。あんなやり方は逆に品がないよ。ガツガツしすぎて自らサービスの質の低さを露呈しているようなものだ。墓穴を掘っていることに気づかないんだよ」

内心では脅威を感じていたのだが、コウジが表面的には冷静に振る舞っていたのでスタッフたちは何か対抗して行動を起こそうとは言わなかった。むしろ、《わ》の一員としてプライドを持ってお客様に上質なサービスを提供しようという雰囲気になり、絶対に負けないという想いでみんなの気持ちが1つになった。

しかし、数日間の売上の数字を見てみると、やはり影響がないわけではなかった。多少は客足が流れているようだ。

(一体、いつまで邪魔する気だ。よりによってこの崖っぷちの1か月目に)

コウジの心に焦りと苛立ちが渦巻く。思い浮かぶのは憎らしい社長の顔と店長をしている秋山の顔だった。みぞおちあたりの不快感が一層強くなる。

コウジは毎日ハードな生活を送っていた。10時に出勤し、お昼までに自分の仕事である掃除と会計を終わらせる。午後1時にミーティング。その後は業者との打ち合わせや事務作業を開店前まで続ける。午後6時に営業が始まり、深夜2時に帰宅する。

この頃は、12時に閉店してから激論ミーティングが始まり、帰宅するのは朝方4時か5時だ。

体は重たかったものの、精神的にはそれほど疲れを感じていなかった。何か特別なエンジンで動いている感じだ。

ところが開店して3週目に入ったある日のこと。

仕事から帰ってくると左腕に違和感があった。肩から指先までじーんと痺れている。みぞおちの不快感も残っている。

きっと眠れば治るだろうと考えてベッドに入り、左腕をさすっているうちに眠りに落ちた。

翌朝、目が覚めて起き上がろうとした。

「あれ？」

起き上がろうとしても体が言うことをきかない。まだ左腕が痺れている。

少し横になっていると、やっと上半身だけ起こすことができるようになった。左腕はまるで電気でも流れているようにビリビリしている。明らかに普通ではない。やらなければならないことは山ほどあるが、佐野に電話を入れて家から近い大学病院に行くことにした。

(こんなことをしている場合じゃないんだけどな)

ふがいない自分に腹が立つ。

診察してくれた医者は同じ年くらいの男性だ。コウジのことを一度も見ずに、カルテに書き込みながら質問した。

「中田さんですね。休みは取っていますか？」

「いいえ」

「どれくらい取ってないんですか？」

「1か月くらいですかね」

医者はあきれていた。

「まあ仕方ないのは分かりますけど、それじゃあ体もおかしくなりますよ」

そう言う医者もどう見ても疲れてやつれていた。人手が足りないのだろう。

「過労を甘く見てはいけませんよ。毎年何百人も亡くなっているんですから」

そう言われて、やっと過労死というものが頭に浮かんだ。

点滴を打ってもらう。

（そろそろ、弓池さんに会って教えてもらわないとなあ）

今月は店を優先させてもらい、レクチャーはストップしてもらっていたのだった。

点滴を打ってベッドで1時間ほど横になっていると体は元の状態に戻った。働きたい気持ちは強いのだが、体に休養を与えることにした。

店に電話を掛けると佐野が出た。

「体が調子悪くて、今日は休ませてもらおうと思うんだ。大丈夫かな？」

「コウジさん、大丈夫ですか？　まあ店のほうは何とかなりますよ。美咲もトモもいますから」

ここは任せるしかない。

電話を切ったコウジは、今度は弓池に電話をして話をする時間をとってもらった。

昼過ぎに弓池の家に着いたコウジは売上の数字とダイジロウの出店と話し合いが朝方まで続くことを報告した。

「結局ですね、僕は大手チェーンで身についたきっちりしたサービスが正しいと思っているわけです。それに対して、野島さんの店で働いていたトモや美咲は基本的に何でもありなんです。それぞれの出身が違うために、サービスの基準が違うんですよね。そして、佐野は美咲のことが好きなものだから、美咲の意見にすぐに流されるんです。価値観が違う人間とビジネスをするのは難しいです」

「ふんふん。価値観が違うっていうことは離婚のポピュラーな原因だからね。そこに何かとうるさいご近所さんが引っ越してきたらストレスも増えるね」

リビングのソファに腰掛けた弓池がハーブティーを飲みながら冗談めかして言った。

「ストレス……そうですね。実は今日病院に行ってきたんです」

コウジが朝動けなかったことを話している間、弓池は心配そうに聞いていた。

「それは働きすぎだけが原因じゃないね。精神的なものもかなりあるよ。体だけはどんなにお金を出しても買えないから大切にするんだよ」

「本当ですね」

「それからね。**体の異変は問題に気づいて成長しなさいというサイン**だ。たぶん、その前にも小さなサインが何かあったはずだよ。でも君が気づかなかったから大きいサインが来たんだ。脅すわけじゃないけど、今回気づかなかったら、もっと大きな事故や病気としてやってくる」

「それは怖いですね」

「いやいや、怖いものじゃない。君自身が起こしている出来事だからさ」

「僕が、ですか!?」

「そう。君は本当の自分が何者かを知っていて、本当の自分を体験するために出来事を起こすんだ」

そんなことを前に教えてもらったことを思い出した。神性意識というのがあるのだと。

「本当の自分を体験するために、何か気づいて成長すべきことがあるんですね。でも、さっぱり分かりません」

「それはね。今君がビジネスで追求しているものが最初に目指していたものとずれているってことだよ」

「僕が何かずれていますか？」

ドキッとした。息苦しい。体中が緊張している。自分が知らないうちに罪を犯してしまった気分だ。弓池からの評価が下がるのが怖かった。

しかし、その弓池の言葉と表情は変わらず柔らかかった。

「ライバルに勝ちたいという想いになっているね。それはとても強いエネルギーになるけど、同時にストレスも生んでいるんだよ。完璧主義とセットになるからね。自分にも他人にも厳しくなってしまわないかい？」

コウジは最近の自分を振り返った。

「完璧にやりたいと思っています。開店の日に楽しんでいるかと聞かれましたよね。そのときは楽しんでいますって答えたんですけど、本当のところはあまり楽しめていません。それよりもプレッシャーが大きくて。この頃ダイジロウのことが気になってしまうんです。絶対に負けたくないです」

「そうそう。ライバルに勝ちたいという想いで行動を起こすことも確かに役立つ。逆境をバネにできる。恐怖に打ち克つことができる。それは恐怖の代わりに怒りの感情を使うからエネルギーが強いんだよ。でも、**怒りは2つのものを壊してしまうんだ**」

「なんでしょうか？」

コウジは知りたくて惹き付けられた。

「人間関係と自分の体さ。怒りが他人に向いたとき人間関係を傷つける。自分に向いたとき肉体を傷つける」

弓池の言葉に思い当たることがあった。

「それ、どれもありますね。完璧ではないスタッフを見るとイライラすることが多いです。最近は怒らないようにしていますが、かなり自制心が必要で、厳しくなってしまうことも多いんです。自分でも未熟だと思います。でも、どうしたらいいのか分かりません」

自分でしゃべりながら、弓池の求めている〝未来の偉大なリーダー〟とは程遠いなと思った。こんな生徒で申し訳なく感じる。

「とっても簡単なことだよ。今のコウジが関心を持っているのはライバルに勝つことだろう？　それをお客様を喜ばせることやスタッフを喜ばせることに戻せばいいだけだ」

なんということだ。あれほど独立するときにスタッフを大切にしようと心に決めていたのに。軸がズレていた。これでは自分も大門フーズの社長と変わらなくなってしまう。愚かな自分にうんざりした。

「本当に未熟ですね。いつの間にか大切なことを見失っていました」

肩を落とすコウジに弓池が優しく言った。

「君は精一杯やっているんだよ。それをまず認めてあげよう。それが自分を愛するということだから」

「……はい。そうしてみます」

弓池の言葉がじんわりと胸に響いた。精一杯やっている自分をねぎらうと、今まで体にあった緊張が溶けていった。奥に隠れていた自分の気持ちが分かってきた。

「弓池さんや叔父さんに協力していただいて、期待に応えるためにも絶対に成功させなくちゃと思っています。でもそこにダイジロウが出店してきて……このままだと潰されると思って、余裕がなくなっていました」

「余裕がなくなったのも、みんなを喜ばせたいからなんだよね。私は、そういう君が大好きなんだよ」

温かなエネルギーで包まれた気がした。涙が出そうになった。

競争にとりつかれ、本来の目的を見失い、自分に落胆したコウジの心が、愛によって一瞬で癒された。

ビジネスの追求段階

「コウジは、勝つことが第一で、お客様を喜ばせることがその手段になっていたんだよね」

「その通りです。だから仕事を楽しめなかったんですね」

「そう。でも君は本来、〝喜ばせたい〟という想いにフォーカスしていたはずだ。それさえ忘れなければ今後はきっとブレないよ。ビジネスで追求しているものによっていくつかの段階がある。役に立つから教えてあげよう」

0．準備段階……ビジネスに抵抗がある。お金を儲けることに罪悪感があり、嫌われることを恐れている。他人を喜ばせることにあまり喜びも感じられないために、自分が楽しいことをビジネスにしようとする。

1．利益追求……ビジネスの目的は利益を追求すること。スタッフは利益を生むための道具。経費を削減するために仕入れ先を脅すこともする。誠実さは重要ではない。利益を奪い合うライバルと戦う。

2．テクニック追求……利益を生むためにはテクニックや理論が大切だ。マーケティングテクニックや経営理論やサービス理論などを駆使する。テクニックやサービスのレベルを同業者と競う。

3．お客様の喜び追求……利益を得るには、理論やテクニックも大切だが、それはお客様に役立ち、お客様を喜ばせ、リピートしてもらうために使うものであり、利益はその結果だ。スタッフのしつけと教育を徹底する。問題点を出し改善していく。

4．スタッフの喜び追求……利益を得るには、理論やテクニックも大切だが、それはお客様に役立ち、お客様を喜ばせ、リピートしてもらうために使うもの。もっと大切なのは直接お客様を喜ばせるスタッフが喜びを感じながら働くことだ。スタッフにはお客様を喜ばせる喜びを教え、お客様の喜びがスタッフに伝わる仕組みを作る。スタッフの個性を発揮させ、生き生きと輝かせる。

説明を聞いたコウジは自分が何を追求していたのかよく分かった。

「テクニック追求になっていましたね。ダイジロウに負けないようにとサービスを競っていました」

「利益やテクニックを追求しているときは、どうしてもライバルが気になって喜ばせることの大切さを忘れてしまうんだよ」

確かに独立するときは、スタッフの喜びを追求しようと思っていた。スタッフの喜びを追求していれば、自然とお客様は満足し、リピートして売上につながると分かっていた。

「弓池さん、段階が上にいくほど成功するんだと思いますが、どうして下の段階でとどまってしまうことがあるんでしょうか？」

「それは、主に両立できないと思っているからだよ」

弓池はそれぞれの段階の人が感じていることを教えてくれた。

準備段階の人は、ビジネスやお金への抵抗などから、自分の喜びと利益とは両立できないと思っている。

利益追求の人は、理論やテクニックなどを机上論やきれい事と感じ、お金儲けとは両立できないと思っている。

テクニック追求の人は、理論とお客様を喜ばせることが両立できないと思っているか、人を喜ばせることに喜びが感じられない。

お客様の喜び追求の人は、スタッフを喜ばせるということとお客様を喜ばせて利益を出すことが両立できないと思っているか、自分が義務感からやっているために身内であるスタッフを喜ばせる余力がない。


「すごい、いろんな人のことが分かりますね」

弓池はゆっくりハーブティーを味わって、コウジに理解する時間を与えた。

「コウジ、ビジネスの追求段階はこれで終わりではないんだ。この先もまだいくつか続く。今日君に教えたいのは次の段階なんだ」

5．自分の幸せ追求……利益を得るには、理論やテクニックも大切だが、それはお客様に役立ち、お客様を喜ばせ、リピートしてもらうために使うもの。もっと大切なのは直接お客様を喜ばせるスタッフが喜びを感じながら働くことだ。だが、それには中心にいる自分自身が幸せを追求し、喜んで働いていることが大切だ。自分の人間的成長とビジネスの成功がリンクする。仕事と同じくらい家庭を大切にする。スタッフと同じくらいに家族と過ごす時間を大切にする。

コウジの中で、弓池がなぜ経営者として成功する方法だけではなく、幸せになる方法も教えてくれていたのかがつながった。

「関係の遠い人に対しては思いやりを持って喜ばせることができるのに、関係が近いスタッフには厳しくなってしまうことってあるよね。それは本当の意味で自分の幸せを追求していないからなんだ」

「前は、自分の幸せを追求したら、スタッフの喜びとのバランスが取れない気がしていましたが、それが両立できないと思っている、ということなんですね。今日お話ししていただいて自分の幸せを追求するという意味がようやく分かってきました」

コウジは上手く言葉にできなかったが、自分のやりたいようにわがままになるということではなく、もっと深いところの自分とつながって、自分をどんどん好きになるということだという意味だと受け取った。

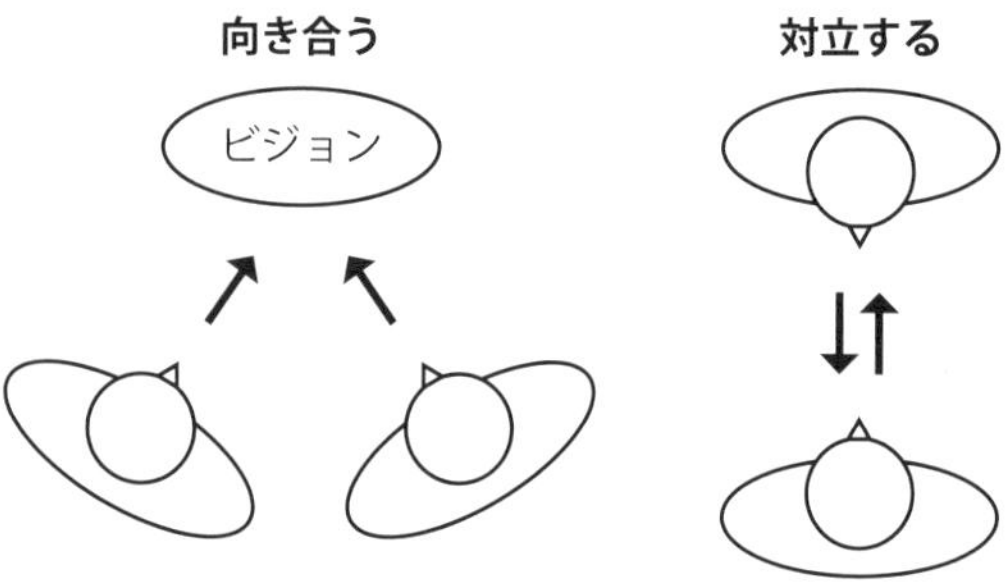

弓池にそれを説明すると、「十分理解できているね」と褒めてくれた。

自分の幸せを追求することが、店の成功につながるし、みんなもハッピーになれるのだと頭の中でつながって、コウジはまるで生まれ変わったように感じていた。今まで体験したことがないエネルギーが湧いてくる。

〝対立する〟と〝向き合う〟

「激論が続くって言っていたよね。コウジが追求段階を理解するだけでもかなり解決するはずだけど、人間関係がとてもよくなる**向き合うコミュニケーション**の方法を教えよう。その前に〝**対立する**〟と〝**向き合う**〟の違いを知っているかい？」

コウジはとりあえず浮かんだ答えを口に出した。

「〝対立する〟は、相手に言いたいことを言うことで、〝向き合う〟は、問題をしっかりみるということでしょうか」

「ちょっと違うんだな。なんで朝までそんなに激論になってしまうのかというと、〝対立する〟になっているからなんだよ」

「自分たちは〝向き合う〟をしていると思っていました」

朝まで向き合って話し合っているが、どうやら意味が違うようだ。紙に図を書いてくれた。

「そもそも問題があるのに解決しようとせずに、ただ避けているのは〝回避〟だね。〝対立する〟というのは、お互いが正しさを主張し合い、価値観が衝突することなんだ。これは問題を見ているだけ〝回避〟よりいいんだけど、価値観が違うと衝突が延々と続く」

「確かにものすごく価値観が衝突していますね。お互いに自分が正しいと思っているんです。いくら話し合っても結論が出ません。はっきり分かったのは働いてきた環境が違うということです」

「お互いが正しいと思っているということがポイントだね。だから、対立して話し合えば話し合うほど、価値観の違いがはっきりして心の距離は遠くなるんだよね」

「まさしくそれです！」

このところ、トモと美咲を野島の店に帰したいと思うことが時々あった。価値観の同じスタッフだけで仕事ができたらなんと楽だろうか。

「さて、もう1つの〝向き合う〟っていうのは2人で共通のビジョンのほうを見るっていうこと」

その図はとても分かりやすかった。

「ビジョンとは目的地だよね。こうして同じ目的地を2人で見つめながら話し合うんだよ。『どんなビジョンを目指そうか？』『どうやったらこのビジョンを実現できる？』って。でも、さっきみたいにお互いを見て話すと、目的地が見えなくなるだろう。するとどうしてもどっちが正しいか、相手がいかに間違っているかに話が進んでしまうよね。目的地が同じだってことが分かれば、そこにたどり着く道は大して重要だと感じなくなるんだよ」

「そうか!!　共通のビジョンを見ていれば、もっと建設的な話し合いになりますね。

考えてみたら僕たちはそもそも〝お客様を喜ばせたい〟という同じビジョンを持っていました。それを忘れて、お互いのやり方について話し合っていたんだ」

弓池がうなずいた。

「重要なことに気づいたね。君が店でどんなビジョンを実現したいのかを伝えたらいいよ」

喜ばせる奇跡

翌日のミーティングでコウジはスタッフ全員に語りかけた。

「今まで、ダイジロウに潰されないために、《わ》を完璧な店にしようとしてきた。もっと大切なお客様の喜びや、スタッフが喜びを感じて働くことが後回しになっていた。それが原因でイライラしていたし、ストレスを作って体を壊してみんなにも迷惑を掛けてしまった。本当にごめん」

謝るのは少し勇気が必要だったが、口にしてしまえば気持ちよいと感じた。スタッフたちは真剣に聞いてくれていた。コウジは続けた。

「今まで、どの方法が正しいかを話し合ってきたけど、その前に本当はどうしたかったのかを思い出したんだ。僕は、前の会社を辞めるとき、スタッフを本当に大切にする店を作りたいと思った。お客様の満足だけを追求しているとスタッフが辛くなる。スタッフが幸せを感じながら働いているときにこそ、お客様を心から喜ばせることができる。そんな店を作りたいと思ったんだ」

大門フーズで胸に刻んだ想いがよみがえって胸が締め付けられた。なんとか気分を切り替えてちゃんと話そうとしたが、同じ大門フーズにいた佐野の顔を見たらダメだった。なんだかよく分からない感情がこみ上げてきて泣きそうになったが、話し続けるためにぐっとこらえた。

「だから、今まで何が正しいのかを話し合ってきたけど、大切なのは方法じゃなくて、どこに向かうかだと思うんだ。向かう方向さえ定まっていたら、どんな方法でもいいと思う。《わ》が向かう先は、お客様を喜ばせることであり、スタッフが喜んで働ける店にすること……でいいかな？」

コウジが探るように聞いた。

「賛成！」

真っ先に手を挙げたのは美咲だった。佐野とアルバイトたちも美咲に続き、トモも控えめに賛成した。

「では、《わ》の目指す方向は、お客様を喜ばせることとスタッフが喜んで働ける店にすることにします！」

みんなで拍手をした。

自分の目指したいビジョンにみんなが賛同してくれたことに感謝の念が溢れてきて「ありがとう、ありがとう」と何度も頭を下げた。みんなが笑顔になったが、トモだけは固い表情を変えずにいたことがコウジの気に掛かった。

それ以来、あれほど朝まで続いていた激論は短時間で解決するようになった。

お互いの価値観の違いやサービスの方法はどうでもよくなった。つまるところ、目的地は同じであり、それに至る道筋はどこを通ってもよいということだ。コウジはそもそも方法に一番こだわっていたのは自分だったことに気づいた。

スタッフは自分が思う方法で、自由にお客様を喜ばせた。そして、他のスタッフがやっていることをむやみに批判しなくなり、自分とは違うやり方でもそれが同じ目的地に向かっていることが分かればむしろ応援するのだった。

ジャグリングもあり。火を噴くのもあり。お酒も酔って仕事ができなくならない範囲ならあり。コウジもお客様とお酒を飲むようになった。トモは酒を飲まないという自分の信念を変えなかったが批判はしなかった。美咲も佐野のジャグリングを手伝い、途中で手玉を投げ渡すという役で佐野と息の合った演技をみせた。トモの〝転び芸〟は進化して、ビールジョッキを満載したお盆を持って転ぶようになっていた。これを見た者は誰でも息をのむ。女性客は悲鳴を上げた。しかしお盆とグラスは糸で結ばれていて観客をほっとさせるのだった。

それぞれのスタッフはどうしたらもっとお客様を喜ばせられるかを考え、接客の方法を工夫し、密かに芸を練習したり、サプライズを用意するようになった。佐野はメニューを開発し続け、裏メニューがどんどん生まれた。

アルバイトたちも触発されて工夫を凝らしアイディアを出すようになった。それ自体は嬉しいことだったが、「ビールを1杯100円にする」という案を出してきてコウジをがっかりさせた。特に今は少しでも売上がほしいときだ。発想は分からなくもないが、いかにも学生の考えそうなことだ。コウジはさっそく向き合うを実践した。

まず、《わ》はお客様の喜びを追求するだけの店ではない。スタッフの喜びも追求する。店を存続させることもスタッフの喜びだ、ということを話した。

そして、お客様を喜ばせるには2種類の方法があるということも付け加えた。それは**価格を下げることと、質を上げること**。

価格を下げればお客様は喜ぶが、仕入れ価格や人件費といった費用も下げなければならない。費用を下げずに値段を下げると、利益が減るので店を続けることができなくなる。つまり、スタッフの喜びがなくなってしまう。また費用を下げるということは簡単なことではない。

質を上げてお客様の喜びを追求するということは、サービスの価値が上がって売上が増えるということだ。たとえば、お客様が500円のビール1杯に1000円を喜んで払うようなサービスをスタッフが提供できればビールの売上が倍に増える。そうやって質を上げて売上を増やせば、利益が増える。それはスタッフみんなの力によるものだから、コウジは経営者としてスタッフの給料を増やすことができる。

この話でアルバイトたちは納得し、質を上げてお客様を喜ばせるアイディアを考えてくれるようになった。コウジもサービスの質を高めて売上を増やし、スタッフたちの給料を増やしてあげたいと思った。

コウジは**スマイルカード**と**デイリーフィードバック**を積極的に行うようにした。ミーティングでもスタッフの喜びを追求するにはどうしたらいいか？　ということを話し合った。

これはすぐに効果が出て、店内にスタッフ同士で「ありがとう」という感謝の言葉や「よかったよ」という承認の言葉が増えた。スタッフの笑顔も多く見られるようになった。

ミーティングでは、「……ができていなかった」という問題点を挙げる発表はモチベーションが下がるので廃止にした。その代わりに、お客様からの褒め言葉や感謝の言葉をシェアするようにした。その後に「……をこう変えたら良くなる」という改善点を出すようにした。とてもやる気の出るミーティングになった。

以前は向かいのダイジロウのことが気になっていたが、この頃はどうしたらもっとスタッフに喜びを感じてもらえるのか、お客様を喜ばせられるかを考えるのに没頭していて、全くダイジロウのことを忘れている自分に気づいた。

ある日、ふと店内を見渡したコウジは幸福感に包まれた。客席のあちこちで笑顔が見られ、スタッフたちも笑顔で生き生きと楽しんで働いている光景が目に入ってきた。

　コウジ自身がお客様からの笑顔やありがとう、美味しかったよ、という反応を素直に受け取れるようになっていたし、スタッフ1人ひとりも喜びを感じながら働いていて、お客様をもてなし、美味しい食事とお酒を楽しんでもらい、楽しい時間を過ごしてもらっている。

（こういう店を作りたかったんだよな）

　コウジは今こそ夢が叶ったのだと実感し、うっとりするような幸せに包まれた。

　この変化は売上にも影響を与えた。リピーターが増え、客単価が増えた。

　気付けば、１日の売上目標を軽々と超える日々が続いていた。


「すごい!!　奇跡だ!!」

　夜10時半。コウジはレジ前でつぶやいた。今月の売上が８００万円を超えていた。営業日を３日も残し目標を達成したのだ。

　その事実を1人ずつ伝言ゲームのように伝えて、ひそかに手を取り合って喜んだ。

　1席あたり10万円の売上が目標ラインだったが、それを軽く超えている。この不景気でこんなに繁盛するとは誰が予想しただろうか。

早く弓池に知らせたかったので電話した。

「弓池さん！　売上が８００万円を超えましたよ！」

「本当に!?　素晴らしいね。そうか、君に謝らないといけないね。私はきっと失敗すると思っていたんだ。全く驚かされたよ」

どうだ見たかという自分の力を証明できた喜びと、弓池に認められた満足感があった。

「いえいえ、まだ気は抜けません。10日には給料日があるんです。これから給料分のお金を稼がなければならないんです。給料日がプレッシャーに感じるなんて生まれて初めてですよ」

「経営者は給料日が近づくとそわそわするんだよ。従業員は待ち望んでいるからね。だからこそ払えるとほっとするものさ。それは経営者の醍醐味でもあるよ。従業員は絶対に体験できないことだからね」

なるほど、そういう考え方もあるのかと思った。

電話の後、銀行に行って振り込みを完了し、叔父さんに電話した。

叔父さんはよく約束を守ったなと褒めてくれた。その言葉が嬉しかった。

その後も売上は好調をキープし、10日の給料日までにスタッフ全員分の給料を売り上げることができた。各スタッフの口座に振り込みを済ませたときには、本当に両肩の重荷がなくなった感じがして、両肩をぐるぐる回して解放感を満喫した。

ただ、会社の口座にはわずかしかお金が残っていない。仕入れ代金の支払いが控えている。ここからまた稼いで月末までに前月分の買掛金を精算しなければならない。弓池への報酬は毎月一定額を支払う契約になっている。これも翌月の支払いだ。

それにしても自転車操業とはよく言ったものだ。必死にペダルをこぎ続けなければ止まって倒れてしまう。

マジック大杉

店に覚えのある顔がやってきた。八の字眉でアメリカ人体型。コウジが名前を思い出せずにいると、それを察した相手が名乗った。

「どうも。マシオンの大杉です。お久しぶりです」

「ああ、大杉さん！　作業服じゃないから誰か分かりませんでしたよ」

大杉はカラオケ店を閉めるときに、機械を取り外すために1日だけ来てくれた。独立の話をしたことを覚えているが、それきり連絡を取っていなかった。

「コウジさんはすごくお元気そうですね」

コウジは大杉をカウンター席に案内する。料理をする佐野の目の前だ。

「今日は楽しんでいってください。飲み物は何にしますか？」

「じゃあビールで。しかし、コウジさんは別人のように生き生きしていますね」

大杉はしきりにコウジの変化に驚いていた。前はよほど元気がなかったのだろう。スタッフがいつものように火を噴いたりジャグリングをしたりしてお客様を喜ばせていた。この頃では、〝喜ばせ〟がまるでゲームのようになっていた。どちらかと言うとコウジはそうした芸ではなく、店に気を配って我慢のないサービスを提供する立場に回っていた。

その日は金曜日で1週間の中でも一番混み合う曜日だ。コウジは大杉の話し相手ができなかったのだが大杉は佐野と大門フーズの話で盛り上がっていた。この頃、佐野は少しずつお客様とおしゃべりができるようになってきている。

大杉が帰りがけにコウジに漏らした。

「いいですね。みんな楽しそうだな。私もここで働きたくなりました」

「じゃあ一緒に働いちゃいますか？」

「えっ、本当ですか。本当に働いていいんですか？」

コウジは冗談で言ったのだが、大杉は本気にした。

大杉は居酒屋で働くようなタイプではない。どちらかと言えば機械をいじっているほうが似合っていた。

大杉があまりに乗り気なので、コウジは自分から言った手前、断れなくなってしまった。

「あまり給料は払えませんが、それでもいいなら……」

「もちろんいいです。全然構いません。では、明日から来ます！」

大杉は顔を輝かせ、よろしくお願いしますと頭を下げた。

(困ったことになったぞ。でも明日になったら酔いも覚めてきっと気が変わるだろう)

次の日、大杉は会社が終わってからアルバイトとして本当に働きに来た。

コウジたちスタッフは大杉のようなタイプに接客ができるのだろうかと心配して

いたが、意外にも素晴らしい適性を見せた。

最初の数日は緊張して上手くコミュニケーションが取れないこともあったが、慣れてくると実に気が利き優しくソフトな話し方をするので、特に女性客に好評だった。今までのスタッフにはいなかったタイプだ。

大杉がある日、他のスタッフが店の中で芸をしているのを見て言った。

「僕、実はマジックができるんです」

いくつかの技を披露して見せた。とても素人とは思えない慣れた手つきで、百円玉を消したり、出現させたりした。美咲もトモも目の前で見たが見破れなかった。大学時代にマジック研究会に入っていて、社会人になってても宴会の席でときどき見せていたらしい。

トモがアドバイスをした。

「それ、もっと生かせば？　注文とったり料理を出すときにもマジックを見せてみたらオモロいじゃん？」

それから大杉は空中から名刺を取り出したり、渡そうとした取り皿がボッと燃えて消えてしまうといったトリックを使うようになった。いつも歓声が上がり、たちまち店の人気者となった。

胸のネームタグは「大杉」から「マジック大杉」に変えられた。

初めて営業中にマジックを使った日のミーティングで、大杉が店に来てくれたことをみんなで感謝した。大杉は目に涙をにじませて言った。

「こんな僕を温かく迎えてくださって、みなさんありがとうございます」

その姿を見たコウジは、人の可能性は第一印象では見定められないことを思い知った。

コウジの仕事は相変わらずハードスケジュールだったが、気持ちのうえではストレスはずっと少なく、快適に仕事ができていた。

知り合いが店に来てくれると、嬉しく活力剤になった。

ある日、カラオケの主婦グループがみんなで来てくれた。

ここまでかなりの距離があるが、わざわざみんなで車に乗って訪れてくれたのだ。

コウジの顔を見たおばさまたちから「元気そうね」とか「楽しそうじゃない」と声をかけられると、あのカラオケ店での日々が思い出された。

どの料理が美味しいのかと聞かれたので、看板メニューのマグロ料理を勧めた。料理はどれも大好評で、「これくらい料理が美味しいカラオケ屋さんが近所にほしいわ」という言葉を聞いて、コウジは料理が美味しくサービスがいいカラオケ店を出すのもいいなと思った。

部活の仲間たちも来てくれた。彼らは店を見てしきりに感心していた。内装が洒落て、街の薄汚れた居酒屋とは一線を画しているし、そしてほぼ満席なのだ。「こんなにいい店だとは思わなかったよ」「不況とは思えない繁盛ぶりだな」などと口々に賞賛した。

弓池と話す前なら、ついに見返してやったという気持ちになっただろうが、今はほとんどなかった。高校時代に苦しい練習を共にした仲間なのだ。分かってもらえたという嬉しさのほうがずっと大きい。来年から同期会は《わ》でやることに決まった。

また別の日には叔父が来てくれた。コウジは恩人にようやく形になった店を見てもらえて嬉しかった。料理は好みを聞いてコウジが選んだ。

「素敵なお店だね。とても繁盛しているじゃないか。安心したよ。料理は美味しいし、みんなが楽しそうだ。応援したかいがあったと思えるね」

「この店を出せたのは本当に叔父さんのおかげです。感謝しています」

「こっちこそありがとう。やっとバトンが渡せてほっとしたよ」

叔父さんの笑顔を見て、応援してもらうほうは当然ありがたいが、実は応援をするほうにも喜びを与えていることに気づいた。

スタッフのほうが大切です

15日に弓池への報酬の支払いが無事にできた。弓池にはいくら感謝してもし足りない。

2か月目は後半に入っても客足が落ちることがなかった。それどころか面白い店があるという評判が広まって、夜7時には満席になるほどだった。だいたいカウンター席から埋まっていく。それは居酒屋では珍しいことだった。普通はカウンター席はテーブル席が空くまでのつなぎとして使われることが多い。オープンキッチンにしたことは正解だった。

ダイジロウは相変わらず《わ》の客をターゲットにチラシを配っているが、《わ》

に来る人は、居酒屋に行きたい人ではなく《わ》で飲みたい人たちだ。

月末には仕入先の買掛金と賃貸料を無事振り込むことができた。1か月目の800万円という高いハードルに比べれば難なく払えたという感触だ。

弓池に電話で伝えた。1か月目の成績が偶然ではなかったことを証明できたことが嬉しかった。

嬉しいことに1か月目の終わりよりも100万円多くお金が口座に残っていた。口座にお金があるということは安心感をもたらしてくれるものだ。

この調子でいけば、みんなの給料をもっと増やしてあげられそうだ。


3か月目に入ると常連客が決まってきた。それによって店の雰囲気も定まってきた。

同じお客様が何度も来てくれることはスタッフにとって嬉しいことだ。

大杉は楽しそうに働いている。早くカラオケ機械の会社を辞めてここの社員になりたいと言っている。ただし、マジックにばかり気がいってしまい、肝心の接客に気が回らないことも多かった。そんな大杉を見て美咲がイライラしているのが分かった。

リピーターが増えたのは喜ばしいことだったが、全てのお客様が歓迎できるわけではなかった。

ある日、コウジの耳が不機嫌そうな男性の声を捉えた。

佐野がカウンターに座ったお客様からクレームをつけられていた。50代の男性で隣には奥さんと思われる女性がいた。奥さんのほうはまるで自分が怒られているように下を向いて黙っている。

コウジが近づいて様子を伺っていると、その男性はどうやら身だしなみについて文句を言っているらしい。佐野は1週間ほど前から髪を明るく染めていた。それが気にくわなかったようだ。

「そんな格好で調理場に入って良いのか？」

酔った男性は気が大きくなっている。髪を染めてるようなヤツにまともな料理が作れるわけがない、職人の恥だなどと叱りつけていた。佐野はどうしていいのか分からず困った顔をしている。コウジはその客の態度にカチンときた。

「お客様、私がここの店長の中田です。何かございましたか？　お話を伺いますが」

「なんだあいつは！　あんな格好で調理場に入れたらダメだろう」

コウジの頭の中がカッと熱くなった。きっぱりと言ってやることにした。

「彼の料理の腕は確かです。何も問題はないと思っています」

店長が低姿勢で謝るだろうと思っていた男性客はあっけにとられた。次第に怒りがこみ上げてきたのか顔が赤くなってきた。

「この店は、客と店員のどっちが大切なんだ」

それはコウジにとって最も腹が立つ言葉だった。

「もちろんスタッフのほうが大切です」

「なんん……」

男性は言葉を失った。もちろん周りの客たちも気づいているがコウジはお構いなしだ。

「うちはスタッフのファッションは自由ですし、スタッフを何よりも大切にしている店です。気に入らないならどうぞお帰りください」

怒った客はぶつぶつ文句を言いながら席を立ち、出口に向かった。

「あ、お客様」コウジが呼び止める。

「お会計をお忘れです」

腹立たしげに財布からお金を出した。コウジはうやうやしく受け取り、丁寧に頭を下げてありがとうございますと見送った。

佐野がすっと近づいてきて小声で言った。

「いやー、カッコよかった。コウジさんに惚れました」

コウジはついにやってやったという達成感で高揚していた。

その日の閉店後のミーティングでは、「ピアスをしていたり、タトゥや茶髪にしていることはハンデかもしれないけど、それでもお客様に評価される店にしよう」とみんなで話し合った。

この出来事を機会にしてスタッフの絆は固くなり、コウジへの信頼も強まった。そしてそれぞれの服装はより自由になっていった。トモは前から茶髪だし腕にはタトゥまで入れている。アルバイトの1人は、トモや佐野に影響されたのか同じように髪を染めてきていた。コウジもそろそろ髪を切る頃だが、このまま切らずに伸ばしてみようと思った。マジック大杉だけが会社勤めのためにあまり羽目を外せないのが残念そうだった。

なぜか同じような事件が続くもので、その数日後には男性客の1人が美咲にちょっかいを出した。酔った勢いで可愛いねとか、彼氏はいるのかなどと聞いてくる客はよくいるが、その30代半ばの男はしつこくエプロンを引っ張るなどして美咲を本気で嫌がらせていた。何度か来ている常連客で、この近くの大きな会社の社員だった。管理職のようで部下を数人引き連れてくることもあった。

常連客であってもコウジは容赦するつもりはない。前の会社ならスタッフを説得して我慢させなければならないところだ。そして、どんなことがあっても正しいのはお客様ということになっていた。多くの店ではそんな理不尽なルールがまかり通っている。自分の店では断固として拒否するのだ。

低く抑えた声でビシッと言ってやった。

「お客様。ここは居酒屋です。スタッフにちょっかいを出すのはおやめください」

「なんだと。お前の店の悪いところを言いふらしてやるぞ」

酔った客は、必要以上に大きな声を出した。そんなふうに振る舞えば必ず店が低姿勢に謝ると思っているのだ。こういう〝自分は金を払っている客なんだぞ〟という態度は許せない。

「どうぞお好きなようにしてください」

コウジは毅然と言った。その男性はふてくされた様子で早々にテーブルの料理の中で値段の高いものだけ摘んで口に入れると帰っていった。

それ以来その男性客は姿を見せることはなかった。常連客が1人減ったが、店にとってはむしろそのほうがいいのだ。店の雰囲気はお客様が作るのだから。

今回のように、もし大声でクレームを言い出しても他の客に隠すことはしなかった。クレームをつける客にはこういう態度を取ります、という店の姿勢を見せるべきだと思ったからだ。

また、騒ぎそうな学生のグループは満席だと嘘を言って入店を断るようにしていた。常連客が静かに飲めなくなるからだ。

常連客からは、行儀の悪い客を追い出してくれてよかったと言われることもあった。

ダイジロウのようなチェーン店ではクレームが上にゆき、必ず店長が叱られる。言い訳は許されない。その仕組みを知っている客の中にはコウジが経営者と知らずに「会社にクレームをつけるぞ」という文句を切り札のように出す者がいた。そんなときは、コウジは「私が会社の代表者です。この場で伺います」と言ってやった。実にスカッとする瞬間だった。

今月は週に2、3回のクレーマー事件が発生し、その度にコウジが客を帰していた。ふさわしくない客を帰せば帰すほど、店の雰囲気は良くなり、スタッフからの信頼を得ることができた。美咲は「この店で働けて本当に嬉しいです」と言ってくれた。


その月の後半に入ったある日の開店前のこと。

「コウジさん、ちょっと話があんですけど」

トモから声を掛けられたコウジはノートパソコンを操作する手を止めた。

「できれば、あっちで話したいんですけど」

トモは店の奥を指さした。他のスタッフに聞かれずにゆっくり話せる場所だ。

「ああ、いいよ」

できるだけ明るい声で返事したものの、あまりいい話ではない気がした。もしかしたら辞めると言い出すのではないだろうか。今辞められてはとても困る。今はトモしかバーテンダーはいないのだ。

そんなことを考えながら、奥の席に向かい合って座った。

「どうしたの？」

「いや、あのう……」

何でも物怖じせずに主張するトモが珍しく話しにくそうにしている。ポリポリと頭をかいた。

「見直したって言ったら失礼だけど、今まで悪かったなって思って……。実はコウジさんが休んだ日に、ちょっとした出来事があって……」

それはコウジが初めて聞く話だった。

コウジが病院に行って店を休んだあの日、営業終了後のミーティングで、コウジの健康状態のことが話題に上った。あまり無理をさせないよう、負担をかけないようにしようという話になった。最後にアルバイトの学生が思い詰めたように言った。

「今回の原因っていうわけじゃないですけど、トモさんって、コウジさんに冷たくないですか？」

佐野と美咲もそうだとうなずいた。

「いや、別にそんなことないよ」

トモは反射的に否定したが、アルバイトに言われたことがショックだった。いつもは自分がアルバイトに教える立場だった。恐らく佐野や美咲、ましてコウジに言われたらただ否定して終わっただろう。アルバイトに言われたからこそ、後から振り返って確かに自分はコウジに冷たいし、時には反抗的であることを認めたのだった。

ただし、コウジを全面的に認めたわけではなかった。やはりどこか信用できず、受け入れ難い人物だった。休んだ翌日に、コウジがこれからはお客様とスタッフの喜びを追求するとミーティングで発表したときも半信半疑だった。口ではいくらでも良いことを言える。

しかし、その後、クレームをつける客に対して毅然とスタッフを守るコウジの姿勢を見た。これでコウジへの評価が大きく変わった。

「あんなにスタッフのことを大切にしている店長って見たことなかったよ。正直、グッときたね」

トモが控えめな笑顔を見せた。

コウジは自分がいないときにそんなやりとりがあったことを全く知らなかったの

で驚いていた。そう言えば、みんながコウジの仕事を積極的に手伝おうとしていた気がする。

「１つだけ聞いてもいいかな。どうしてトモから嫌われていたのか知りたいんだ」

「嫌っていたわけじゃないんだ。なんて言うか、野島さんがやたらとコウジさんのことを褒めるんだよ。それが悔しいっていうか、負けたくないっていうか。オレ、野島さんみたいな尊敬できる人に初めて会ったんだ。理想の父親みたいな感じでさ。だから余計にそう感じたんだと思う」

結局、やきもちだった。コウジは力が抜けた。何か気に障ることをしてしまったのではないかとずっと心配していたのだ。こんなことならもっと早く聞いておけば良かった。

「そうだったんだ。そんなふうにトモが思っているなんて想像もしてなかったよ。でも、野島さんはトモのことを随分気に掛けているんだよ。この前、来たときもどうしてるって聞かれたし」

「え、本当？　……そうなんだ」

トモが嬉しそうな表情を見せた。まるで子供のようで、コウジは可愛いなと思えた。

2人はそれぞれの持ち場に戻った。

何はともあれこれからはトモと仲良くなれそうだ。

お世話になった野島への恩返しという気持ちで預かったが、こうして苦手だった人間と仲良くなれた経験が財産となった。おかげで人間としての器が広がった気がした。

（しかし、単なるやきもちだったなんて……）

コウジは苦笑した。

ただ、何かが心に引っかかっている。どうも他人事とは思えないのだった。


コウジは開店前の時間を利用して弓池の自宅に来ていた。

順調に売上が伸びているという報告をすると、弓池は心から喜んでくれた。

そして、クレーマーのことも報告した。最近あったいくつかの例を話した。セクハラ野郎を撃退した話もした。コウジは勲章だと思っている。そのおかげでスタッフを守り、信頼を得られたのだから。

「君は本当にスタッフを大切にしているんだね」

弓池の言葉がとても嬉しかった。

「前の会社で不満だったことを改善したわけか。やりたかったように経営している。そういう自由な姿を見るのが私は嬉しいんだ」

「僕は自分を〝スタッフを守る防波堤〟だと思っています」

弓池は笑った。

「なるほどね。だからはじき返すんだ。でもそれだとはじき返された人は良い気分じゃないよね。敵を作ってしまうと思わないかい？」

「そうかもしれませんが、でも絶対にスタッフに我慢をさせたくありません！」

コウジの声が強くなった。いい客層を作りたかった。店はお客様が作るものだという信念は揺るがない。いかに相手が弓池だろうと譲れないところだ。

「スタッフが大好きなんだね。私はね、そんな君が大好きなんだよ」

「はい……」

いきなりストレートな愛情表現をされると戸惑ってしまう。もちろんとても嬉しいし、無意識に作ってしまった壁が一瞬で蒸発する気がした。

弓池はこの頃雰囲気が変わった。前も優しかったが、今は愛情に溢れている感じがする。

「今、君は何の学びをしているか分かるかい？」

気づいていないコウジに弓池は説明を続けた。

「これは例のバランスの学びの1つなんだよ。自分軸の次の段階の」

「え……またバランスですか」

いったいどれだけ学ぶ必要があるのだろう。コウジはうんざりした。

「そう。いろんなお客さんとのバランスを取るもっといい方法はきっとある。帰さなくても相手が変われば良いんだよね」

そう言われるとうなずかずにはいられない。

「でも、とても無茶なクレームをつけるような人を歓迎することはできないと思うのですが」

「そこが発想の転換さ。たとえば、**笑いに変える**とかね。〝戦い〟は相手も力が入ってしまう。でも〝笑い〟は力が抜けるからね。コウジならできると思うよ」

そう言われると、本当にできる気がするから不思議だ。

それを試すチャンスはそれから間もなくやってきた。

また美咲にちょっかいを出すサラリーマングループがいた。コウジはセリフを頭の中で練習してから笑顔でそのテーブルに近づいた。

「お客さん〜、ここはキャバクラじゃないですよ。次見つけたら指名料いただいちゃいますよ。高いですから気をつけてくださいね」

テーブルで笑いが巻き起こった。そして、それから目に見えて行儀が良くなった。

コウジはその効果に驚いていた。

今までは鉄壁のように突っぱねて嫌な客と戦っていたが、そうするとどうしても店の雰囲気が一瞬悪くなる。この方法だと悪くならない。みんなを満足させるまさにバランスの学びだった。

全ての人を喜ばせる

土曜日の開店前のミーティングでお客様とスタッフを喜ばせる方法をみんなで話していると、トモが画期的な提案をした。

「スタッフとお客様だけっていうのも寂しいね。業者さんも入れない？」

「おおー！」

コウジも含めたみんなが感心した。

「暑くなってきたからおしぼりくらい出したらいいかも」

美咲の案にみんなが賛成してうなずく。

「誕生日を聞いておいてサプライズでお祝いするのは？」

触発された佐野がアイディアを出すと歓声が上がった。

「それすごくない!?　感動ものだよ。業者さん泣いちゃうかもね」

美咲の反応がもらえて佐野は嬉しそうだ。

「じゃあ、自分が誕生日をこっそり聞いておきます」と佐野が引き受けた。

そんなことを話しているうちに、「《わ》は喜びだけじゃなくて感動を追求していますよね」というマジック大杉の言葉から、店の経営理念を作ろうということになった。

これまでの話の中で出たキーワードをまとめて1つの文章にした。

関わる人全てに〝喜び〟と〝感動〟を提供すること

それぞれが満足そうにつぶやいた。

美咲が和紙に清書し、店内の一番よく見えるところに額に入れて飾った。店の見えない柱ができたような気がした。

トモが嬉しそうに言った。

「なんか、こんなふうに喜ばせようって考えているオレたちってよくない？」

「いいよ。すごくいい」と佐野もうなずいた。

「関わる人全てっていうところが素晴らしいね」コウジも満足していた。

しばらくみんなで悦に入っているとトモが悪戯《いたずら》を思いついた子供のように言った。

「あ、ヤバイこと思いついちゃった。あのさ、『関わる人全て』ってことはダイジロウも入るわけ？」

みんなが黙ってお互い顔を見合わせた。

「まあ、『関わる人全て』っていうことは……コウジさん、入りますかね？」

美咲がコウジのほうを見て確認した。

コウジは決めかねたので、多数決を採ることにした。

「ダイジロウが『関わる人全て』に入ると思う人？」

全員が同じような反応をした。迷いながらも手を挙げたのだ。

「で、何をしようか」

今度は全員が揃って腕を組んで考え込んだ。今まで憎んでいた敵を喜ばせるとか感動させるという発想の転換がなかなかできない。

マジック大杉が恐る恐る提案した。

「チラシを一緒に配ってあげるのはどうでしょう」

自分たちのことを妨害しているライバル店の応援をしてしまう。そのあり得ない光景を想像してみんなで大笑いした。美咲もアイディアを出す。

「要するに、お客さんとか業者さんと同じように考えればいいんでしょう？　だったら、誕生日を祝っちゃうとか」

「でも、なんかご機嫌を取るみたいでちょっと嫌だなあ」

佐野が珍しく美咲の提案に反対した。コウジも同じ気持ちだった。2人は大門フーズの出身なので他のスタッフよりも許せない気持ちが大きいのかもしれない。

「違うよ、機嫌を取るんじゃない。喜ばせるんだよ。感動させるんだよ」

そうトモに言われてハッとした。機嫌を取るわけではないと分かるとやる気になった。

「でも、誕生日をどうやって聞き出せばいいのかな？」と美咲が重要な問題点を指摘した。

「あ、店長の誕生日なら知っているよ」

コウジが手帳を出して調べた。ほとんどの店長クラスの誕生日はメモしてあった。もちろん秋山の誕生日も。

「あった。なんと！　今月だね」


まずは業者へのおしぼり作戦を次の日から試すことにした。

午後2時に届けに来た食材の業者に椅子に座ってもらい、水と一緒におしぼりを出した。

「嬉しいなあ」という一言が、店のスタッフを笑顔にした。

佐野は仕入れで店を出ていたので、トモがさりげなく誕生日を聞いた。近くにいたアルバイトはその手腕を「関東一のナンパ男」と褒め称えた。きっと女の子にもそうやって誕生日やメールアドレスを聞き出しているに違いないと思ったらしい。トモは「相手が女のほうがやる気がでるけどな」と否定しなかった。残念ながらその業者さんの誕生日はずっと先だったが、おしぼり業者は2か月後、まぐろの業者は来月だということが分かった。お楽しみは来月だ。

チラシ作戦は発案したマジック大杉が試すことになった。

手が空いた隙に、《わ》の入り口のすぐ近くでチラシを配るダイジロウの店員に声を掛け、チラシ配りを手伝った。

「ものすごくびっくりしていました。でも、向こうが恐縮しちゃって、最初にもらったチラシを配り終わったから『もっと配りますよ』って言ったんですけど、遠慮して帰っちゃいました」

その報告にみんなが手を叩いて笑った。

「どうせならマジックを見せてやればさらに喜ばせられたかもよ」とトモが悪ノリした。

その翌日、またマジック大杉がチラシ配りを手伝おうとすると、ダイジロウのスタッフに固く断られた。店長から決して《わ》の人間にチラシを配らせないようにと命令が下ったようだ。

今日はいよいよダイジロウで店長をしている秋山の誕生日だ。

「さあ、行くよ」

コウジたちアルバイトを含めた総勢８人はワクワクドキドキしてダイジロウに向かった。みんなニヤニヤしている。

コウジが開店前のダイジロウのドアをノックする。アルバイトと思われる人物が出てきた。

「向かいの《わ》の者ですが、店長の秋山さんいますか？」

宿敵の訪問に慌てて奥に入っていった。

間もなく秋山が顔を出した。

「えッ!?　ええと……何でしょう？」

店の外にずらりと《わ》のスタッフが取り囲んでいるのを見て、ぎょっとした。

秋山の後ろにはダイジロウのスタッフたちが心配そうにのぞいている。

「せーの」

コウジの合図で、ハッピーバースデイの歌を合唱した。そして、美咲がろうそくを立てたケーキを持ってきた。

目をまん丸くする秋山を見てコウジたちは笑いそうになった。

歌い終わり、「おめでとう！」と盛大に拍手する。

秋山の顔に遠慮がちな笑顔が浮かんだ。そして、差し出されたケーキのろうそくを見て一瞬迷ってから吹き消した。

「どうもありがとうございます」

秋山はおずおずとケーキを受け取った。

店に戻ったコウジたちは出てきたときの秋山の表情などを話し合って盛り上がった。あれを見られただけでこの企画をやった価値があったと思えた。

その日からダイジロウが《わ》の前でチラシを配ることはなくなった。


数日後、秋山が《わ》を訪れた。

「この前のお返しです。みなさんでお召し上がりください」

包みに入ったお菓子を渡して帰ろうとする秋山を、コウジはお茶でも飲んでいくようにと誘った。

固く断るので「ライバルの店を見ておいたほうがいいんじゃない？」と言うと、秋山も口実ができたと思ったようで中に入ってきた。

前のコウジなら温かく迎えることなどできなかったが、今はこうして同じテーブルに座って話せることが心から嬉しいと思った。

「いい店ですね」

見回した秋山が褒めた。

「うん、4000万も初期投資で掛けたからね」

「そんなに掛けたんですか。でも、この前はびっくりしましたよ。あのサプライズには参りました」

「あれは、うちのスタッフのアイディアなんだよ」

コウジはいきさつを話した。

「なるほど。その理念があれですね」

秋山は壁に貼ってある経営理念をじっと見ていた。

コウジは、関わる人全てに〝喜び〟と〝感動〟を提供することという理念を、本当に実行している自分たちを誇らしく感じた。

「でもさ、秋山にも同情するよ。社長から命令が下ったら断れないもんな」

本当はもっと大きな店舗で活躍するべき人材なのだ。《わ》の前でチラシを撒くことだって指示されているはずだ。

秋山はうなずくことはなかったが、コウジは心が通じたのを感じた。

すると秋山は意外なことを言った。

「社長は、コウジさんを特別に気に入っていたんですよ」

コウジはその意図が分からずにいると、秋山はそろそろ準備があるからと席を立った。

「店の前でチラシを配ってすみませんでした」

「ああ、いいんだよ。これからはご近所さん同士だし、お互いに頑張ろう」

「社長には、客層が違うから放っておきましょうと言ってみますよ」

秋山は大門フーズで共に働いていたときと同じ笑顔を見せた。

見送ったコウジは、秋山が残した言葉に胸が締めつけられる思いでいた。

アルバイトにも経営理念を

《わ》がオープンしてから4か月目に入った。全てが順調そのものだった。

「コウジさん、見てください。やっぱりいいものが届きますね」

佐野が嬉しそうに仕入れ業者が運んできたまぐろを見ている。

「どれどれ？　おおっ。いいねえ」

他のスタッフたちも集まってきた。

「本当だ。やった甲斐があったね！」美咲が手を叩いた。

「効いているなあ」トモは腕組みをして満足している。

数日前に出入りする業者さんのサプライズ誕生会をしたのだ。コウジは、電気が消され、みんなのハッピーバースデイの歌の中、ケーキが運ばれてきたときの業者さんの嬉しそうな顔を思い出す。それ以来、届けられる食材が前よりもいいものをピックアップしてくれているのだった。

ダイジロウの秋山や業者さんを喜ばせようとしたことは、スタッフの心にも変化を与えていた。お客様からお金をもらっているから喜ばせているのではない。自分たちは関わるみんなを喜ばせるのが好きでやっているのだ、という認識に変わった。

今日もいい気分で営業ができそうだ。

その日、コウジは1人の女性客と名刺交換をした。グルメ雑誌の編集者だった。コンビニエンスストアにも置いてある有名な雑誌だ。

「料理も美味しくて楽しい居酒屋さんがあると、こちらの評判を聞きまして、今日は個人的に来てみたんですけど、すごく素敵な店ですね。よかったら今度取材させていただけませんか？」

「もちろん、喜んで！」

女性編集者はスケジュール帳を取り出し、早速来週に取材に来る予定を決めた。スタッフに知らせるとみんなが喜んだ。コウジも数か月前に思い浮かべたイメージがついに実現することに興奮していた。

その2日後には、テレビ番組を制作している会社から電話があった。午前中に放映されている情報番組だ。しかも関東全体で放映される。〝今話題のおしゃれな居酒屋ベスト10〟という特集で紹介させてほしいということだった。コウジが「何位なんですか？」と尋ねると、2位だと教えてくれた。もちろん断る理由なんてない。

何か店の外で《わ》の評判が駆け回り、すごいことが起きているようだ。

「今話題のおしゃれな居酒屋ベスト10で、なんと2位になったそうです!! テレビ取材が来ちゃいます！」

コウジが開店前のミーティングで発表するとみんなが拍手喝采した。

きっと行列ができるだろう。並ばないと入れないお店になるのだ。独立に反対した知り合いたちがその光景をみたらどう思うだろうか。ワクワクした。

その翌日に野島から電話があり、久しぶりに弓池を呼んで3人でお茶でもしようという誘いがあった。取材の申し込みがあったことを報告するいい機会だ。

3人が集まった場所はいつもの町田のカフェ。

弓池は気だるそうだ。体調がよくないらしい。前よりも痩せたように見える。

野島はコウジの店の売上を聞いて椅子から転げんばかりに驚いた。弓池も今までに聞いたことがない成功例だと手放しで褒めてくれた。

その秘訣を聞かれたので、「関わる人全てに〝喜び〟と〝感動〟を提供すること」という経営理念をみんなで考えて、それをみんなで実行しているのだと話した。

コウジは自分がとても誇らしかった。思い返せば、1年前に初めて弓池を紹介してもらったのがこの店だ。そのときはサラリーマンだったのが、今は2人と同じ経営者。あのときは2人が遠い世界のすごい人たちだと思っていたが、今はもっと身近に感じる。それどころか、今日の主役は自分だと感じていた。今はあのときの劣等感のような感情は微塵もない。経営成績は野島よりも優秀なのだ。その事実がコウジの自己評価を高くさせていた。

さらに、マスコミの取材が2件も入っていることを報告すると野島は羨ましがり「それをみたメディアからどんどん取材が来るぞ」と言った。弓池は「そう、それはよかったね」と簡単に言った。コウジはもっと喜んでくれるのかと思っていたので少し寂しかった。

その後、野島は自分の店で起きているトラブルについて話した。淵野辺の店で半年前に店長になったばかりの社員が独立して辞めてしまうのだという。

「いや、参ったよ。これで3人目なんだけど、みんなある程度にまで育ってくると独立してしまうんだな」

野島は頭をボリボリとかいた。

「でも、すごいじゃないですか。独立するのが夢だったんですよね。野島さんはその夢をサポートしたのですから、まさに〝他の人の成功に貢献した〟わけですよね！」

「コウジがそう言ってくれるのは嬉しいし、オレも彼らが自分の夢を叶えてくれたことは嬉しいんだ。でもさ、現実問題として店長が代わるとお客さんが離れて売上がガクンと下がるんだな。弓池さん、やっぱりこれは避けられないものなんでしょうかね」

「そんなことはないよ。サービスの手法を全部マニュアルにしてしまうと店長の個性が生かされないよね。するとサービスの質は落ちる。かといって店長が自分の個性だけで経営をすると、お客様が店長についてしまうので辞めたときにお客様が離れるんだよ」

「なるほど。うちは何も考えずに、好きなようにやれって言っていましたね。だから、お客様が離れるのか……」

「そうだね。柱を作るといい。つまり**経営理念**だよ。もともとお店は会社の理念から生まれている。店長に、『自分らしさを出してもいいけど、理念から外れないように』って教えておくといいんだよ」

「そうか。理念を無視して自分の色を出してはいけないっていうことですね」

横で聞いていたコウジは、野島よりも先に経営理念を決めて店の経営をしていたので、そこに優越感を感じていた。

「それから、普段から店長には、『自分が辞めても半年は売上が持つようにやりなさい』って言っておくといいよ。そして、**アルバイトにも理念を伝えること**。店長が代わっても店の理念がぶれないことにつながるから」

感心して熱心にノートを取っていた野島が質問する。

「最近自分が考えたのは、スタッフに頼らない仕組みを考えたほうがいいのかなと。1人のスタッフに頼っていると、そのスタッフに辞められたら大きな穴が空いてしまいますから。この考え方を弓池さんはどう思いますか？」

コウジは野島の話を聞いて、それは違うんだよなと思った。弓池はなんと答えるのだろうか。

「それは逆だよね。自分がかけがえのない存在だと感じていたら、スタッフは簡単には辞めないよ。野島くんは、スタッフが辞めてしまうことを前提にその解決策を考えたんだね」

コウジは弓池と同じ考えだったことが嬉しくなった。そして、意外に野島は経営を分かっていないんだなと思った。

「ところで、野島くんは、何のために店を経営しているの？」

「それは自分が楽しむためですね。もちろんスタッフにもお客様にも楽しんでほしいです」

「なるほどね。では、楽しむことができるようになった後は、店長は何を目標にして働いているの？」

「何でしょうか。まあ、最初から独立したいって言っていたヤツもいるし。そう言えば何を目標にしているかって聞いてないですね。そこはあまり興味がなかったです」

「そこに理由があるんだよ。野島くんは人を楽しませるのがとても上手い。だからお客様にもスタッフにもファンがたくさんいるね。でも、楽しんで働くその先の目標がなくなった店長が独立するんじゃないかな？」

「……店の中に目標がなくなる、ですか。うーん、耳が痛い話だなあ」

野島は腕を組んで考え込んだ。

「そんなにショックを受ける必要はないよ。子供は家が狭くなると出ていくってだけのことだから。野島くんが成長して次の段階に進めばいいんだよ」

コウジは隣でこれは前に教わったことの復習として聞いていた。

「野島くんは今〝バランス〟を学んでいるね。任せている店長が成長して同じ〝バランス〞にまで上がると、右腕になってくれることもあるし、辞めてしまうこともある」

「店でスタッフを使うので店長も〝バランス〞になりますからね。確かにそうです。そうかあ、そろそろ成長しないといけないってことだな、コウジ」

野島がコウジの肩を叩いた。

「えっ？　は、はい。そうですね」

コウジは慌てて同意した。

「コウジは、もう次の〝ビジョン〞まで進んでいるよ。野島くんは〝自分軸〞から本格的に〝バランス〞の段階に進む時期なんだよ」

「え、そうなの？　追い越されてたのか」

野島はショックを受けている。それを見てコウジは気分がよかった。しかし、もっと嬉しかったのは弓池の口から野島を越えたとお墨付きをもらえたことだった。

野島は用事があるからと先に帰り、コウジと弓池の2人が残った。

コウジの気分は高揚していた。

「弓池さん、さっき野島さんが〝自分軸〞にいるってことがよく見えましたよ。この頃、人のことがよく分かるようになりました」

「へえ、それはすごいね」

「ずっと野島さんは自分の先を行っているのかと思っていましたが、いつの間にか追い越していたんですね」

「そうだね。コウジのほうが進んでいるね」

（やっぱり自分のほうが進んでいるんだ！）

嬉しさがこみ上げる。

「野島さんの店の問題は、野島さんがスタッフと理念をきちっと作れば解決しますよね」

「ほう、解決方法まで分かったんだ」

「前から問題だなと思っていたんです。野島さんの店は野島さんという人しか柱がないんです。理念という柱がないからスタッフはどの方向に進んでいいのか分からずに、スタッフ同士の衝突が起きるんでしょうね。理念を作って分かりました。いやあ、弓池さん、経営って分かってしまえば簡単ですね」

コウジが饒舌《じょうぜつ》に批評するのを弓池は黙って聞いていたが、ひと言釘を刺した。

「そう思ったときには要注意だね」

「え？　そうですか？」

コウジには何が今の問題なのか全く分からなかった。順調そのものだ。なんと言っても、マスコミに取り上げられるほどなのだから。

まさにそのことについて弓池が信じられないことを言った。

「さっきのマスコミからの取材の件だけど、ちょっと今は断ったほうがいいと思うんだ」

「えっ何でですか？」

「だってほとんど満席なんだろう？　これ以上お客様が来ても、店に入れないんじゃ意味がない」

「決して意味がないことだとは思えません。むしろ行列ができる店にしたいんです。そうしたら、店のブランド力が高まると思います」

「今でも十分繁盛しているんだから、無理して行列を作る必要はないだろう。無闇に新規の客を増やすよりも、今来てくれているお客様を大切にしたほうがいい」

お客様を大切にしていないと言われた感じがして、カッと頭に血がのぼった。

「お言葉ですが、十分大切にしています。だからこそ取材が来たんです。取材はスタッフもとても喜んでいます。それに僕の夢だったんです。雑誌に自分の店が載るのが。経営者の幸せを追求するんだって教えてくれたのは弓池さんじゃないですか。夢を叶えることも幸せを追求することじゃないんですか？」

「ええとね、全ての夢を叶えることが、自分の幸せを追求することになるわけではないんだよ」

（なんで、僕の夢を認めてくれないんだ。一番の理解者だと思っていたのに）

コウジは気持ちを分かってほしかった。こんなことは納得できない。

「弓池さん、どうして夢を叶えることが幸せを追求することではないのか、教えてください」

すると、弓池がだるそうに手を挙げた。

「コウジ、すまない。ちょっと具合が悪いんだ。また話そう」

弓池に遮《さえぎ》られコウジは傷ついた。そう言われては話を続けられない。

弓池と別れてからもコウジの怒りが収まらない。

（弓池さんは、スタッフたちがどれほどお客様を大切にしているか分かっていない

んだ）

もう取材の日程は決まっている。もしこのチャンスを逃したら、相手にしてくれないかもしれない。何事にもタイミングというものがあるのだ。スタッフだって喜んでいる。

しかし、コウジは弓池のアドバイスに従わないことに気がとがめていた。弓池のことは信頼している。でも、今回は別だ。

体調が悪いのは分かるが、これだけ真剣に聞いているのだから、ちゃんと説明するべきだ。避けて逃げたように見える。

コウジは取材を受けることに決めた。スタッフの士気が上がれば、売上が下がることはない。スタッフと弓池とどっちが大切かと聞かれたら、申し訳ないがスタッフたちだ。

（前みたいに後になって弓池さんが謝ることになるんだ。きっとまた自分の間違いを思い知るだろう）

大行列と代償

「コウジさん、出てますよ」

「どれどれ？」

佐野がコンビニで雑誌を買ってきた。カラー1ページを使って《わ》が紹介されている。インタビュー中のコウジの写真がページの半分、文章の中に店内の写真、スタッフの集合写真、料理の写真が配置されている。

スタッフたちが集まってきた。自分たちの写真を見て大騒ぎになっている。

「ほら、『夜7時には満席になる奇跡の繁盛店』だって。最高だ。よし、これを店に貼りだそう」

何冊か買ってきてそのページを切り抜き。ラミネート加工をして壁に貼った。

「テレビの放送は明日か。大変なことになるぞ。よし、頑張ろう！」

コウジが声を掛けるとスタッフたちもそれに熱く応えた。

翌日みんなで番組を見るために午前中に店に集まった。放送されたのはほんの1分程度だったが、レポーターが料理を絶賛し、スタッフの自由なファッションに大げさに反応してくれたおかげで、放送途中から問い合わせの電話が鳴り続けた。

3時にはほとんどの席が予約で埋まってしまった。

急遽、休みのアルバイトに連絡をして出勤してもらった。

（これから、一体どうなるんだろう？）

楽しみな反面、恐ろしくもあった。

コウジの携帯電話に留守電のメッセージが5件入っていた。同級生や親戚からのお祝いのメッセージだった。みんなから見たよとかすごいねと褒められてなかなか良い気分だ。

開店30分前には行列ができていた。

美咲が心配している。

「これ、まずいですよね。予約がもういっぱいで、みんなは入れませんよ」

「よし、急いで割引券を作ろう。入れなかったお客様に渡してまた足を運んでもらうんだ」

パソコンでドリンク1杯とマグロ料理を1皿無料にするチケットを即席で作った。

開店になった。入れなかったお客様には美咲が謝ってチケットを配った。再来店する予約を入れてもらうことも忘れなかった。残念そうに帰っていく人々に頭を下げながら、コウジは断られたお客様はどうしても来たくなるはずだという確信を持っていた。

その日の営業は大盛況で、常に席が埋まっていた。店内はいつもよりも活気づいていて、話し声や笑い声が充満しスタッフの注文の声さえ聞こえないほどだった。ドアの外で入れなかったお客様にチケットを渡して謝る係のアルバイトが必要だった。

多めに仕入れておいた食材が途中でなくなり、次々に品切れのメニューが増えていった。

売上は最高記録を更新した。

みんなで拍手をしておめでとうを言い合ったが、1人冷静なトモが手を挙げた。

「コウジさん、常連のお客様も何人か断ったんでしょ？　いいのかな？」

それはコウジも気になっていたところだ。常連客は大切にしなければならない。弓池にも言われていたことだ。野島にならって、常連のお客様のための席を用意しておくことにした。

そんなお祭りのような状態が1週間続いた。品切れを起こさないように仕入れを多くし、常に人員はフル稼働していた。サービスの質は絶対に低下させないようにした。初めて来たお客様にリピーターになってもらうのだ。

さらに売上は伸びて、恐らくこの店の大きさではこれが限界だろうという数字を記録した。

雑誌の取材依頼が何件か入った。あのグルメ雑誌を見たらしい。さすがにこの状態でさらに客足が増えても対応できない。コウジは迷ったが、ここで断ってしまってはまた2度目がないかもしれないと考えて受けることにした。

2週目からは異常なバブル状態は去ったものの、コウジの読み通り無料チケットを持ったお客様が来店してくれてほとんど満席だった。ここが勝負だ。新しい常連客になってもらうのだ。スタッフは総出でできる限りのサービスを提供した。

今月はとんでもない数字になりそうだ。弓池はなんと言うだろうか。想像してワクワクした。

人員は多いほど助かる。前から社員になりたいと言っていたマジック大杉を社員にしてあげた。大杉も夢が叶ったので大喜びだった。

ところが、そんな高揚した気分を一気に鎮める出来事が起きた。

常連客の1人が「満席だけど《わ》じゃなくなっちゃったね」とコウジに漏らしたのだ。

コウジは冷や汗が出るのを感じた。他のスタッフからもそうした常連客の不満や悲しむ声が報告されはじめた。

（もしかしたら、致命的な間違いを犯しているのかもしれない）

確かに、以前の《わ》のように落ち着き、ゆったりとした時間を楽しむ雰囲気はなくなり、活気溢れる賑やかな雰囲気に変わっていた。店のサービスは低下していないが、店の雰囲気が変わっていた。店はお客様が作るものだ。客層が変わったために、以前の《わ》とはまるで違う店になっていた。

そして、テレビの放送から3週目に入ると、客足は嘘のように途絶えてしまった。いつもなら常連客が座っていた場所も空席が目立ち、目標を下回る日が続いた。

期待していたリピーターは思ったほど増えなかった。

分析してみると、以前の常連客だった人たちと、メディアを見て店に来た人たちとは、店に求めるものが違ったのだ。

メディアを見て来る人たちは新しいもの好きで、噂の《わ》を体験しに来たのだった。一度体験したらそれで満足してしまう。それに対して、常連客は居場所を求めていた人たちだった。その居場所を壊してしまった。

一度離れた客足はなかなか戻ることがなかった。

（しまった、これはとてもまずい状況かもしれないぞ）

コウジは自分の間違いに気づいた。せっかく作り上げた《わ》を壊してしまったのだ。

急いで取材を受けた出版社に連絡をして、掲載を取りやめてくれとお願いした。平謝りするしかない。2誌はなんとか取りやめてもらうことができたが、1誌はすでに印刷に回っていた。

その月の売上は最高益を叩き出したものの、翌月は以前と同じ水準に戻り、さらにその翌月は初めて赤字となった。

7か月目に入った。午前中の店内でコウジは1人パソコンの数字を見ながら頭を抱えた。

「なんて馬鹿なことをしてしまったんだ」

常連のお客様が《わ》の何を愛してくれていたのかという、最も大切なものを見過ごしていた。成功した要因に気づかずに、わざわざ成功の土台を自分で崩してしまった。

「全ての夢を叶えることが、自分の幸せを追求することになるわけではない」という弓池の言葉の意味するところが分かった。

結局、コウジが叶えようとしていた夢は、自分が尊敬されたいという欲求だったのだ。弓池に教わった通り、**自分で想いを認めないと、代わりに誰か他人に認めてほしくなる**のだ。

「なんて僕は未熟な人間なんだ」

弓池もきっと失望していることだろう。天を仰ぎ、自分の愚かさを呪った。

コウジさん、大変です

あの大失敗はコウジに2つのことを考えるきっかけとなった。

1つは、自分の幸せとは何かということ。

雑誌に載ったりテレビで紹介されたりする快感は喜びというよりも興奮だった。

お客様の笑顔や、スタッフの笑顔と比べたらずっと小さなものだ。

そして、もう1つは、《わ》という店のあり方だった。

スタッフみんなで、お客様がこの店に求めているものは何なのかを何度も話し合った。オープンしていきなり成功したのは、読み通りだったのではなく、コウジが作りたかった店がたまたまこの場所で成功するのに最適なスタイルだったからだ。皮肉にも常連客が離れて初めて分かったのだった。

それにしてもあの失敗は大きな代償だった。信頼を失うのはあっという間だが、取り戻すのはじれったくなるほどゆっくりだ。

この困難を乗り切るためには、スタッフが一丸となる必要があった。コウジは《わ》をもう1つの家であり、スタッフを家族のように思っていた。

《わ》の社員はコウジの他に4人もいる。マジック大杉を社員にしたことで人件費が増え、利益が出にくい体質になっていた。だが、コウジは誰1人として辞めさせることのないようにあらゆる努力をしていた。先月は自分の給料を半額しかもらわなかった。大切なスタッフと《わ》のためなら一時的に収入を削るくらい当然だと思った。

弓池には毎月の報告をファックスで流していたが、コウジは自分への失望感と弓池に従わなかった申し訳なさとが重なり電話では連絡できずにいた。一方、弓池から連絡してくることはなかった。

きっとあきれられ、見放されたのだ。体調がよくないという話を野島から聞いてはいたが、コウジにはなんとなくそういう感覚があった。

いつものように午前11時に店に出勤すると、先に厨房で仕込みをしていた佐野が深刻な顔で近づいてきた。

「コウジさん、美咲ちゃんが辞めたいって言っているの知っていますか？」

「ええっ、知らないよ。本当に!?」

青天の霹靂《へきれき》とはこのことだ。

悪寒が走り、頭の中でガンガンと音がする。そして猛烈に腹が立ってきた。

(こんな大変な時期に、辞めたいなんて！)

怒りを抑えて佐野には冷静を装った。

「それで、原因は聞いたの？」

「疲れたって言っていましたけど、詳しくは聞いていません。このままだと本当に辞めちゃうかもしれません。コウジさん、お願いしますよ」

「そうか教えてくれてありがとな」

佐野への感謝は精一杯の気遣いだった。コウジの怒りは収まっていない。

(疲れた？　週1日の休み以外にも、有給休暇まで取ったばかりのくせに！)

一番許せないのは、今こそ力を合わせなくてはいけないこの大切な時期に辞めたいなどと言い出したことだ。無責任にもほどがある。コウジは自分の給料を削ってまで《わ》の仲間を守ってきた。

(自分はこんなに店とスタッフを大切にしているのに！　裏切られた)

もしかしたらそろそろ結婚の話が出ているのかもしれない。

(そんなに辞めたいなら辞めればいい。アルバイトたちだけでもやれる。人件費も減って助かるってものさ)

コウジは唇を噛みしめた。

(いけない、少し考えが行き過ぎた。美咲の話をちゃんと聞こう)

面倒くさいが、これも経営者の仕事だと割り切った。

冷静に考えれば、ここで主戦力の美咲に辞められたら、回復中の店にとっては大きな痛手だ。

「はあ」

コウジは大きなため息をついた。

気持ちを切り替え、仕事を片付けはじめた。

午後1時に美咲が来た。普段と変わらないように見える。

「美咲、おはよう。ちょっといいかな」

美咲と店の奥の席に座った。美咲はいつもの明るい笑顔だが少し緊張している。

無理もない。店長に呼び出されて2人で話すのだから。

「美咲、いつもありがとうね。常連のお客様にも新規のお客様にも、平等に気兼ねなく接しているところにいつも感心しているよ」

「ありがとうございます」

美咲の表情が少しほぐれた。まずは承認するところから始める。昔弓池に教わった、私バージョンだ。これは本当に役立っていた。

「ところで、最近、何か悩んでいることがあるんじゃない？」

途端に美咲の顔が暗くなった。

「本音を言いますと、辞めたいって思うことが多いです」

コウジの全身がギュッと緊張した。なるべくそれを表に出さないようにした。

「それはどうして？」

「大杉さんのミスの尻ぬぐいばかりで疲れるんです。大杉さんだけの責任じゃないけど、雰囲気が悪くなって、前の《わ》のほうがよかったです」

コウジの頭の中で怒りの火花が散った。

「尻ぬぐい!?　たったそれだけの理由で？　ミスをフォローし合うのが仲間というものじゃないの？」

「それはそうですけど……」

「確かに美咲は大杉のフォローをしてくれているのは知っているよ。それについてはありがたいと思っている。でも、お互い様だよね？　美咲は自分が助けてもらっていることには気づいているの？」

コウジの口調がきつくなる。

「……それは十分ではなかったかもしれません」

「自分が助けてもらっていることに気づかないから、尻ぬぐいなんて感じるんだよ。感謝を忘れたら終わりだよ」

「はい。すみません」

美咲はうなだれている。

コウジは美咲を責めてもっと思い知らせてやりたかった。

しかし、あまり言いすぎないようにしなければ、と自制させるもう1人の自分もいた。

「私が未熟でした。ご迷惑を掛けてしまってすみません」

美咲は涙を拭いた。

コウジは〝向き合う〟を使おうという気持ちにもなれなかった。悔しさと怒りでそんな余裕はない。

2人は席を立ち、持ち場に戻る。

怒りの矛先《ほこさき》は大杉にも向かった。もう少し気をつけてほしい。美咲の言うことも一理ある。マジックを見せるのに夢中になると、基本のサービスを忘れてしまうのだ。特に女の子のテーブルを盛り上げているときにはそれが顕著だった。

美咲には随分きついことを言ってしまった。もしかしたら本当に辞めるかもしれない。

今の状態で辞められたら経営的に困る、と考える理性と、いっそのこと辞めてくれたらすっきりする、と感じる感情とがぶつかりあっていた。

美咲は準備に取りかかっているが、明らかに元気がない。

(やっぱり、あれは言いすぎだな。今日中にもう一度美咲と話さなくちゃ。でもどうやって話せばいいんだろう)

重たい気持ちで仕事をこなしているうちに時計は4時を回っていた。そろそろ美咲を呼ばなければ。

そのとき、コウジの携帯電話が鳴った。表示を見ると発信者は野島だった。

何の用件だろうと思いながら通話ボタンを押す。

野島の声は緊迫していた。

「コウジ、今いいか。あのな、弓池さんが病院に運び込まれたんだ」

5 成功者がくれた宝物

弓池の体調が悪かったことを思い出して、もしかしたらという嫌な予感がした。

「それで、どんな具合なんでしょう」

「今、手術をしているらしい」

「手術ッ!?」

「前から手術の予定はあったんだが、前倒しでやっているそうだ」

野島はそれ以上のことは分からないと言った。手術の予定があったなんて初耳だ。

「美晴さんが心配だから病院に行ってみるけど、どうする？」

「僕も行きます」

スタッフたちに連絡事項を伝えて、待ち合わせ場所である駅前の駐車場に向かった。すでに美咲のことは頭から消えていた。

到着すると間もなく野島のランドクルーザーが滑り込んできた。

野島が助手席の荷物をどけて、乗るように促した。

「お願いします」

コウジが乗り込むやいなや、野島は今時珍しいマニュアルトランスミッションを操作して駆り出した。

ちょうど帰宅時間で、246号線はうんざりするほど渋滞していた。東名高速道路に乗ると道は比較的空いていたが、用賀インターから首都高に入るとまた渋滞につかまった。

「何もないと良いけど。ずっと体調悪いって言ってたからな」

「ええ。前に、野島さんと弓池さんと僕と3人で会いましたよね。あのときも野島さんが帰った後に弓池さんと2人で話していたんですけど、途中で弓池さんは体調が悪くなって帰られたんです」

「そうなのか」

「最近は弓池さんと会っていましたか？」

「電話で話したくらいだな。コウジは？」

「僕も会っていないんです」

コウジはあの日以来、口を利いていないことは黙っていた。

「弓池さんって前にも倒れて、一度心臓が止まったらしいよ。そのときは奇跡的に回復したんだって」

初めて聞く話だった。コウジは思い出したことがあった。

「そう言えば、最初の頃『私にとって時間はとても貴重だ』って言ってました」

「オレもそれ、聞いたことがあるな」

出資についてのやりとりの中で「もし来年死んでしまったら？」という言葉も思い出してぞっとした。自分の死を予期していたのだろうか。

コウジは野島にそのことを言うのが怖かった。言おうかどうか迷っているうちに病院に着いてしまった。

もうすぐ夜7時になろうとしていた。診療の受付は終了しているので駐車場はガラガラだ。

正面玄関は閉まっていて、夜間通用口から入った。

窓口で名簿に記入するよう呼び止められ、記入するついでに弓池が運ばれた緊急治療室を教えてもらった。

2人は静かな病院の廊下を早足で進む。使われない通路は節電のためか電気が消されている。コウジは野島の後についていった。

病院の中をどう抜けたのか覚えていない。美晴と2人の子供たちが静かな病院の廊下に置かれた長椅子に心細そうに座っていた。

少し離れたエレベーター前の待合室には30人ほどがいた。弓池がサポートしている起業家が多いようだ。知らん顔をしているのも変なので簡単に挨拶をして言葉を交わした。その多くが20代から30代の男性で、まだ若い女性や50歳以上の男性の姿も見える。お互いに知っている者同士は弓池の手術はどうなのかとささやきあっていた。

聞こえる情報からただならぬ事態だということが分かってきた。

空いている長椅子に野島と一緒に腰掛けた。

腕時計を見ると夜8時になるところだった。

息苦しい。呼吸をしても空気が十分に吸えない感じだ。

コウジは野島に声を掛けて、1人病棟を出た。

自動販売機で缶コーヒーを買って中庭のベンチに座る。

胸に溜まっていた息を吐き出した。

まだ胸が苦しい。後悔と罪悪感で締め付けられていた。

(なんであんな態度を取ってしまったんだろう?)

あの日、弓池に今のお客様を大切にしていないと言われたようで腹が立った。でも、弓池は大切にしていないとは言っていなかった。そして、弓池のアドバイスを無視して思ったように進めた結果、散々な事態に陥った。弓池はあきれていることだろう。

どうしても自分からは弓池に連絡ができなかった。自分のせいでもう3か月も会っていない。

今までの人生で、これほど影響を与えてくれた人はいない。弓池と出会えたおかげで、人生が劇的に良くなった。その人ともう二度と会えなくなるかもしれないのだ。

(弓池さんとこんな関係で終わってしまうのは絶対に嫌だ!)

大切な人を失う恐怖に体が震えた。

(もう一度会いたい。会って謝りたい)

どんなに強く願ってもコウジに今できるのは、ただ回復を祈ることだけだった。

足下の芝生には真昼のように自分の影が出ている。

見上げると満月が天空で輝いていた。弓池にフェラーリで家まで送ってもらった夜を思い出す。あのときもこんな満月の明るい夜だった。

まるで夢の中の出来事のようにも思える。朝起きれば、何事もなかったかのように元に戻っていそうだ。

そのとき、ポケットに入れていた携帯電話が鳴り、現実に引き戻された。

見ると野島からだった。

通話ボタンを押すのに勇気が必要だった。

「あのな……弓池さんが亡くなったよ」

その声がやけに遠く聞こえる。

「……そうですか。少ししたら戻ります」

しばらく1人でここに居たかった。

「弓池さんが死んでしまった」

つぶやいてみても受け入れられなかった。

「こんなの嘘だ」

つい最近まで自分と話していた人間がもう生きていないなんて。

優しい微笑みでコウジの報告を聞いてくれた。ケーキを食べる幸せそうな顔。出資する代わりに絶対に自殺しないことを約束させた真剣な眼差し。愛し方を教えてくれた優しい表情。

思い浮かぶ弓池の顔は、生き生きとした生命力が宿り、大きな愛で包んでくれている。

「それなのに、僕は……自分が未熟なばっかりに。弓池さん……ごめんなさい」

コウジは携帯電話を握りしめた。

弓池が大切な存在だったからこそ、前のような心地良い信頼関係を取り戻したかった。

「こんな別れ方じゃ、弓池さんとの出会いが無駄になってしまう」

コウジは取り返しのつかない失敗をした自分を責めた。

「なんてお前は愚かなんだ」

足の間の芝生に後悔の苦い涙がポタポタと垂れた。

そのとき、聞き慣れた弓池の言葉が頭の中に聞こえてきた。

「君は精一杯やっているんだよ。それをまず認めてあげよう。それが自分を愛するということだから」

コウジがダイジロウに勝つことに心を奪われていた自分に気づき、自分の未熟さに嫌気がさしたときに掛けてくれた言葉だ。記憶の中の言葉なのか、それとも弓池の魂が語りかけているのか分からないが、脳裏に浮かぶ弓池は優しくコウジを見つめていた。

あのときの感覚がよみがえる。

胸から全身に温かさが広がる。罪悪感と後悔を溶かし、代わりに愛情が満ちてくる。

コウジは無意識にいつもの質問を自分に投げかけた。

何を学ぶためにこの出来事を体験している？

弓池のひと言を思い出した。

「私はね、そういう君が大好きなんだよ――」

（そうだ、あのときも大好きだと言ってくれた。今も……僕は愛されているんだ）

それに気づくと、自分でも驚くような答えがふと浮かんできた。

愛を学ぶため。

今、この出来事は愛を学ぶために体験している。

今だけじゃない。弓池との出会いも別れも、愛されていることに気づき、自分を認めて愛することを学ぶためのものだった。

弓池のことが大好きだった。これほどまでに誰かとの出会いに感謝したことはない。

「そうか。どんな別れ方をしても出会いが決して無駄になるわけじゃないんですね。だって、こんなに素晴らしい生き方を学ばせてもらえたから」

弓池が微笑んでうなずいている気がした。

気づけば、感謝の涙に変わっていた。

本当に愛しているものは？

翌朝、目覚めたコウジは自分の変化に気づいた。

今までにない満たされた感覚があった。弓池が亡くなったというのに変な話だが、途切れたと思った弓池との絆がしっかりとつながっている感じがした。

もう会えない寂しさはあるが、悲しいという感情はほとんどなかった。それよりも感謝の気持ちでいっぱいだ。

愛を学ぶため。

昨日自分で出したその答えが今でも頭の中をぐるぐる回っている。これから進むべき方向を指し示している気がした。

弓池がその人だけの成功と幸せを手に入れる生き方を広めていきたいと言っていたことを思い出した。コウジたちのような起業家を未来の偉大なリーダーだと言っていた。

自分はそんな立派な人間ではない。未完成で、未熟で、失敗だってする。だが、偉大なリーダーとは完成に向かって成長している人のことなのだとも教えてくれた。

(そうか！　未完成で未熟で失敗する姿も見せていけばいいんだ。そして、そこから愛を学び成長する姿もみせよう)

それなら簡単なことだ。弓池も成長している姿を見せてくれたものだ。

弓池から教えられた生き方を多くの人にも教えてあげたいと思った。

まずは、店のスタッフたちに。いずれは、この飲食業界にも伝えていきたい。弓池の2人の子供たちが大きくなったらいつか彼らにも教えてあげたい。きっと素晴らしく幸せな人生になるだろう。

コウジは声に出して誓った。

「弓池さん、僕は弓池さんから教わった生き方を伝える偉大なリーダーになります！」

コウジの視線はまっすぐ未来のビジョンに向けられていた。

駅から店に向かって歩きながら、美咲のことを考えていた。

あの会話を思い出すと嫌な気分がよみがえってきた。試しに例の質問を自分にしてみた。

(何を学ぶためにこの出来事を体験しているのだろう？)

また「愛を学ぶため」という答えが出てきた。

(この出来事から愛を学ぶってどういうことだ？)

コウジはどこに愛があるのかを探した。

そもそもなぜあんなに美咲のことを憎らしく思ったのだろうか。

コウジにとって《わ》はかけがえのないものだ。ところが、共にこの苦しい状況を乗り越えていこうと思っていたのに、美咲に辞めたいと言われて裏切られた気がした。

では、それほど大切な《わ》とは一体何なのか？

物件のことではない。テーブルでも椅子でもない。出される飲み物や料理でもない。《わ》とは、スタッフみんなのことだ。そして、美咲もその大切な《わ》の仲間だ。

コウジが愛しているのは、物質的な店ではなく、スタッフ1人ひとりだった。

それが分かったとき、コウジは涙が出た。

（なんだ、ここに愛があったのか！）

昨日と同じように胸から全身に温かさが広がる。これは愛が広がる感覚なのだろう。

そこまでスタッフを愛している自分が愛おしく感じられた。

そして、仲間が店を辞めると言い出しただけで裏切られたと怒ったり傷ついたりする自分までもがとても可愛く思えたのだった。

すると、不思議とひらめくものがあった。

美咲は、マジック大杉の尻ぬぐいをさせられていると言っていた。どこか大杉と競争しているようなところが前からあった。その原因は、自分の〝何か〟をちゃんと認めていないところにある。他人に認められるための競争をしているのだ。

（でも、美咲は自分の何を認めていないのだろう？）

実力？　お客さんからの評価？　スタッフからの評価？

考えてみたがどうもぴんとこなかった。こういうときは本人に聞くのが一番だ。

良いアイディアが浮かんだ。


その日の開店前のミーティングには、コウジを含めて大杉、美咲、佐野、トモの主要なスタッフが顔を揃えた。

コウジはみんなに弓池の死を報告した。弓池と会ったことのない大杉たちのために資金を半分出してくれた出資者であることを話した。もし弓池がいなかったらこの店はオープンしていなかったのだと。みんなで黙祷を捧げた。

「さあ、今日はみんなでちょっとしたグループワークをやってみたいと思います。

感謝したいことを伝えるんだけど、1人に対してみんなが思いついたものを言っていく形にします。1人何回でも言っていいよ。では佐野からいってみよう」

みんなで輪になって立った。佐野は何を言われるのかと、きょろきょろしている。

「まずは練習ということで、思いついた人から言ってみようか。でも嘘は言わないこと。お世辞もいらないからね。では、始めるよ」

時間は1分間にした。最初に見本を見せるためにコウジが言った。

「いつも新しいメニューを作ってくれてありがとう！」

拍手。こんな簡単なひと言でいいのだとみんなも要領が分かった。

次にトモが手を挙げた。

「オープンキッチンの中でお客様を少しでも楽しませようとしてくれて感謝しています。ありがとう」

その次は美咲。

「いつも私の悩み相談に乗ってくれて本当に感謝しています。ありがとう」

みるみる佐野が嬉しそうな顔に変わっていき、美咲のコメントでは、顔が真っ赤になった。

1分間が終わると佐野は顔を輝かせていた。

「すげー嬉しい！　ありがとうございます」

佐野の次はトモだったが、終わった後、「これ最高だね！」と感想を漏らしていた。

大杉も「おお〜、嬉しい」と終わった後には至福の表情を浮かべていた。

美咲は、すでに泣きそうになっていた。対立していた大杉が「入ったばかりの自分にも丁寧に仕事を教えてくれて感謝しています。ありがとう」と言うと、照れくさそうな笑みを浮かべた。コウジは心の中でほっと胸をなで下ろした。

最後にコウジの番になった。美咲と大杉のことだけが心配で自分はどうでもいいと思っていたのだが、やってもらうと堪らなく嬉しい気持ちになった。大杉が「初心者だった僕にチャンスをくれて、心から感謝しています」と言ってみんなから拍手をもらったときはぐっと嬉しさがこみ上げてきた。

こんなにも感動してしまうことに驚いていた。実は、これはただのウォーミングアップのつもりだったのだ。これからの2回目が本番だ。

「じゃあ、あともう1回。今度は〝言ってほしい言葉〟をリクエストして、それをみんなに言ってもらいます。それと〝言い方〟もリクエストしてください。1人ずつがいいか、一斉にみんなに言ってほしいかを決めてね」

佐野は恥ずかしそうに「君のおかげだよ」を「一斉に」でリクエストした。

コウジの「せーの」のかけ声で、みんなが一斉に佐野の肩を叩いたり、手を握ったりして、何度もその言葉を言った。トモは悪ノリして抱きついたが、逆にそれが場を盛り上げることになった。時間にして10秒ほどだが、最初は恥ずかしそうだった佐野は途中から満面の笑顔になり、しまいには目をウルウルさせていた。

コウジは予想以上の効果に驚いていた。

トモは「カッコイイ!」を「一斉に」でリクエストして、大杉は「ありがとう」を「一斉に」だった。表現がどんどんエスカレートして頭をクシャクシャにしたり熱いハグまで行われたりで、大いに盛り上がった。終わると2人とも爽快な顔つきになっていた。

これはやってもらうほうも嬉しいが、やってあげる人たちの喜びも大きいことが分かった。

そして、美咲の番だ。コウジは一体どんな言葉をリクエストするのだろうかと注意を向けた。

今朝、美咲が何を認めていないのか分からなかったので、こういう形で本人に言ってもらえばいいのだとひらめいたのだ。

その美咲は遠慮がちに「じゃあ、〝ここにいてもいいよ〟を〝1人ずつ〟でお願いします」とリクエストした。

（えっ⁉　ここにいてもいいよ？　そんなことを認めていなかったの？）

つまり、自分は《わ》の仲間として居ることを許可していなかったということだ。そんな想いで過ごしていたとは想像もしなかった。開店時から美咲はサービスの柱だったからだ。

美咲自身がここにいることを許可できるよう、《わ》の大切な仲間だということをなんとしても伝えたいと思った。

コウジは美咲の両手を取った。

「美咲、ここに居てもいいよ。っていうより、大切な仲間なんだ。だからここに居てくれ」

美咲は泣き出した。せき止められていた川が一気に流れ出したような泣き方だった。

そんなに辛い思いをしていたのだと思うと、コウジの胸まで締め付けられた。

コウジはその痛みを少しでも癒してあげたくて美咲を抱きしめた。

他のスタッフたちも順番に声を掛け、美咲をハグした。美咲は涙を流しながらみんなの愛情を受け取っていた。

その様子を見てコウジは体が震えるほど感動していた。

(なんて素敵な仲間たちなんだろう。こんな仲間と仕事ができて幸せだなあ)

「はい、次はコウジさんですよ」

佐野に言われてハッとする。美咲のことで頭がいっぱいで、掛けてほしい言葉を全く考えていなかった。

「ええと、ええと……〝大好きだよ〟を〝一斉に〟でお願いします」

それはとっさに出てきた言葉だった。

トモが「オーダー入りました！」とふざける。みんなも「ありがとうございます！」と店で使う掛け声で応えた。

誰かが「せーの」と言い、《わ》の仲間たちが笑顔で「大好きだよ」「大好き！」「コウジさん、大好きだよ！」とコウジの肩を叩いたり、手を握ったりする。

中心で一斉にそれをされると、まるでものすごいエネルギーのシャワーを浴びているようだった。幸福感と一体感が横から前から後ろから押し寄せてくる。

普段なら恥ずかしくてそんなことを言うこともないし、言われても受け取りきれないだろう。

誰かに頭を叩かれ、ハグされ、コウジはみんなの笑顔に囲まれながら、エネルギーを受け取った。感謝と愛情で胸がいっぱいになった。

コウジは心からみんなに伝えた。

「ありがとう。みんな僕の大切な家族だよ」

宝物

帰宅すると夜中の1時を過ぎていた。

今日はずっと満たされた気持ちで仕事ができた。そして、たまらなく家族の顔が見たかった。

寝室の扉をそっと開ける。

幼稚園に通うイルミと小学4年生になったヒロト。ぐっすりと寝ている。2人ともいつの間にか背が伸びているようだ。この子たちは将来どんな仕事をするのだろうか。できれば自分が味わっているような幸福感を体験させてあげたい。

その隣で寝ている妻の琴美。自分はこれだけ仕事を楽しんでいるが、琴美はどうなのだろうか。

そうだ、今日のグループワークを家族でやるのもいいかもしれない。

愛おしさがこみあげてきて、3人の寝顔にキスをした。

(さあ、シャワーを浴びて早く寝よう)

シャワーから降り注ぐお湯が1日の疲れを癒した。

あらためて、家族がいる幸せを噛みしめた。

自分にはこの家族以外に店のスタッフという家族もいる。スタッフに感謝し、店を経営できているという幸せに感謝した。

弓池との出会いがなかったら、ここまでの歓びは体験できていなかっただろう。

だが、野島が紹介してくれなければ、弓池とは出会えなかった。美咲やトモも元は野島の店のスタッフだった。野島に感謝すべきことはたくさんある。

さらに考えてみれば、野島と出会えたのも大門フーズに勤めたからだ。

不思議だ。大門フーズには嫌な思い出のほうが多いが、人生が劇的に変化するきっかけになったのもあの会社なのだ。

（それにしても、社長はどんな想いで経営をしていたのかな）

どうしてもコウジが理解できないのは、社長が辞める社員を殴ることだ。そして、コウジの独立後にまで妨害をしてきた。

いまだにあの顔を思い出すと気持ちも体も重たくなる。

（なぜ殴ったり、妨害をしなければならなかったんだろう？　そこまでの気持ちってどんなものだ？）

コウジは自分に置き換えて考えてみた。殴りたいほどの怒りや悲しみを、スタッフに感じたことがあったかと。

「あ！」

美咲が辞めたいと言い出したとき、怒りと悲しみが混ざった感情が渦巻いた。そして自分がフォローしてもらっていることに気づかない美咲に対して間違いを思い知らせてやりたくなって責めてしまった。今は店がダメージから回復していく大切な時期だ。コウジにとっては店のスタッフは共に乗り切ることを誓った大切な仲間だ。だから、美咲が店を辞めたいと言ったとき、裏切られた気がしたのだ。

そして、秋山が言った『社長はコウジさんを特別に気に入っていたんですよ』という言葉。

「そうか！　そういうことだったのか!!」

頭の中で感情を伴った点と点がつながり、腑《ふ》に落ちる。

大門フーズの社長が殴ったり、妨害したりするのと、コウジが心の中で美咲と人杉を責めたのとは同じ〝報復〟なのだ。

肉体を使った暴力や具体的な妨害と、心の中での攻撃という差はあるものの、裏切られた痛みから相手に復讐するという意味では同じなのだ。

社長が辞める社員に向かって言った「こんな時期に裏切りやがって!!」という言葉を思い出していた。

（そうか、あの社長も社員を大切な仲間だと思っていたんだ！）

衝撃が走った。そして間もなく穏やかさがやってきた。

ずっと心の中で戦っていた敵が、実は自分と同じ存在だったと分かった。

そう社長のことが理解できると、自分でも驚いたことだが、大門フーズの社長がなかなか可愛いヤツに思えてきた。

今までは縁を切りたい、離れたいとしか思えなかったのに、いい関係を築きたいと思った。

弓池のことを思い出すと、やはり社長とは生きているうちに関係を修復したい。修復できないとしても感謝の気持ちだけはちゃんと伝えたい。


翌日、出勤前にコウジは勇気を振り絞って電話をしてみた。

どうせ出ることはないだろう。留守番電話にメッセージを入れておくだけでも十分だ。

呼び出し音が1回2回と鳴る間、頭の中でメッセージを考えていた。

「はい」

社長が出た。焦る。

「あ、どうも。ご無沙汰しています。中田功志です」

「……おう。何だ？」

「遅くなりましたが、大変お世話になったことと、いろいろと教えていただいた感謝を伝えたいなと思いまして。それに会社が大変な時期に辞めてしまって、申し訳なかったなということを伝えたかったんです」

「おう、そうか」

「社長、よかったら今度久しぶりに1杯いかがですか？」

勢いで言ってしまった。冷や汗が出た。

「おう、分かった」

断られると思ったが、意外にもあっさりOKされてしまった。とにかく会う約束をした。

電話を切ると、手が汗でびっしょりになっていた。

「ひょっとして、すごいことをしたんじゃないか⁉」

人生でこんなふうにひどいことをされた相手に、自分から関係を修復するための連絡を取ったことはなかった。立場が自分よりも下の人にならできるのだが、社長のような上の立場である人には初めてだ。新しいパターンに挑戦したことがすごい。

それに比べたら会ってどんな結果になるかは重要ではない。どうせ会社はもう辞めているのだ。

コウジは自分の成長を実感した。これも弓池のおかげだ。時間がたてばたつほど多くの宝物をもらったことに気づかされる。

「あ！」

コウジは1つ残っていた弓池との約束を思い出した。すっかり忘れていた。

今ならあれに取り組める！

コウジは勢いよく電話のボタンを押した。

前は絶対にできないと思っていたのに、今となってはとても簡単なことだった。

これも成長したからなのだろう。

「はい」

相手が電話に出た。

「あ、お父さん。コウジだけど。あのさあ……年末に温泉旅行にでも行かないかと思って。2人で。俺が招待するよ」

あとがき

こんにちは。犬飼ターボです。一気に原稿の最終チェックを終えて、ものすごい爽快感の中でこれを書いています。２００９年5月に書き始めて完成までに10か月もかかった難産の子なので感動もひとしおです。

この成功小説は処女作『チャンス』と同時進行の起業物語です。信じられないかもしれませんがこの物語のほとんどが実話です。

主人公コウジは小林上努也さんという方がモデルです。僕が主催する6か月間のセミナー「センターピース」に参加していただきました。小林さんは前作『天使は歩いてやってくる』の成功者のモデルでもあります。スタッフをとても大切にした経営をされていることに感動して、僕はぜひそのマインドを世の中に伝えたいと強く思いました。

取材インタビューで聞くことができた創業ストーリーは、あまりにドラマチックでそのまま小説にできるものでした。営業中のお店にここを使わせてほしいと交渉に行ったこと、創業直後から自転車操業だったこと、1か月目でありえない数字をたたき出して返済できたことなど、架空の物語なら「上手くいきすぎだ」と思われそうなことばかり。数々の逸話が面白くて、気づけば話を聞き始めてから9時間もたっていました。ちなみに、お客さんと話せない料理人の佐野はインタビューのときにお邪魔した本厚木店の店長兼料理長をされていた高原仁さんがモデルです。昔はお客さんと全然話せなかったんです、と笑って教えてくれました。

実は、私犬飼ターボは飲食店でアルバイトをした経験がありません。書くにあたって居酒屋を経営している友人たちが快く時間を割いて教えてくれました。

小林さんの紹介でセンターピースに参加してくれた内山正宏さんは、「なかめのてっぺん」（中目黒）、「むげん」（渋谷、京都烏丸）など5店舗を経営。タイムコールやオープンまでの詳細なスケジュールを教えてもらいました。業者さんや地域の商店街まで喜ばせてしまうという話には心底シビレました。美咲には京都にフィアンセがいるという設定は中目黒店で店長をされている京美人の堺裕美さんの話からいただきました。

国内外に20店舗以上を手がける「KUURAKU GROUP」の福原裕一さん

にはお客様の心理7段階、全ての席に座らせる、経営理念の中で店を作る、アルバイトに理念を教えるなどたくさんのヒントをいただきました。トモがアルバイト高木指摘されてハッとするシーンは、「豚の大地GINZA離れ店」のアルバイト高木幸次さんのお話を参考にさせていただきました。美味しい料理をご馳走様でした。

卒業式やデイリーフィードバックなどの従業員のモチベーションアップをはかるマネジメント手法は、ワクワク会の代表であり、コンサルタントでもある中村成博さんが考案したもので、日本マクドナルドで離職率を地域で一番低くしたという実績があります。素晴らしいアイディアをありがとう。

他にもたくさんのヒントやエネルギーをくれた友人たちがいます。秀逸なサブタイトルとアドバイスをいただいた本田健さん。マネジメントの極意は愛だと教えてくれた山崎拓巳さん。体はお金で買えないと教えてくれた平野美穂子さん。群馬で居酒屋を3店舗経営されている堀越昌繁さんは僕の著書から「(株)星の商人」という会社名をつけてくれました。本当に嬉しかったです。世界の山ちゃんの山本社長から聞いた起業の話もとても参考になりました。居酒屋甲子園のDVDは居酒屋業界の熱い想いとサービスレベルの高さが伝わりました。そして、いつも的確なアドバイスをくれる担当編集者の畑北斗さん、センターピースのみんな、支えてくれた両親と妻と可愛い子供たちには心から感謝しています。

さて、小林さんのその後の活躍も書いておきましょう。モデルとなった1号店の「合点ＥＢＩＮＡ店」の創業から2年後には本厚木に2店舗目を出店。10年後の現在では子会社を含めると外食店と宅配飲食店が22店舗に！　しかも、「ここでやりたい」と選んだ海老名駅周辺の3物件全部で自店舗を営業。他にも、飲食店経営企業へ財務・会計やサラリーマン法人化などの企業基盤を強化するコンサル事業や、居酒屋フランチャイズ「六方」もスタート。そして、佐野のモデルの高原さんも現在は本厚木店の店長と六方事業部の総料理長をされています。

小林さんをはじめ、素晴らしい経営者陣から秘伝のエッセンスをいただいたおかげで、この本は全ての店舗経営に携わる方や、これから飲食店を始める方にぜひ読んでいただきたい内容に仕上がったと思います。接客スタッフの方、人を使う店長さん、独立し自分の店を持つ起業家、そして教え導くメンター。それぞれの立場で気づくこと、学ぶ内容が違うでしょう。ただし、1つ注意していただきたいのは、ここに書いてあるサービスや経営手法が唯一の正しい方法ではない、ということです。上手くいく方法の1つであり、他にもたくさんの素晴らしい経営やサービスの手法があります。

それではまたお会いしましょう！

どんどん幸せに成功するあなたになりますように……。

ありがとう。愛してる。

犬飼ターボ

2010年6月

文庫版　あとがき

このところ著書をYouTubeで紹介していただくことが多くなり、犬飼ターボの成功小説が注目されるようになりました。この『トレジャー』を執筆してから12年経ちました。長く愛されるのは作家として本当に嬉しいです。

文庫化にあたって、当時取材に協力してくださった4名の2022年現在の様子を紹介させていただきます。

主人公コウジのモデル小林一也（上努也）さんは、当時は居酒屋22店舗を経営されていました。スタッフをとても大切にした経営を聞いて感動したものです。

12年後の現在の小林さんは、飲食だけでなく健康・福祉分野に事業展開しています。事業を子会社化し11社の経営者を育成しています。また、地元の神奈川県の海老名をさらに住みやすい街になるように高齢者の生活支援にも力を入れています。全体では37事業800名の従業員がいるそうです！　いやいや、びっくりしました。

タイムコールやオープンまでの詳細なスケジュールを教えてもらった内山正宏さ

んは、当時は有名店「なかめのてっぺん」など5店舗を経営していました。12年後の現在も「なかめのてっぺん」は健在で、さらに21店舗に拡大とのこと。なんと1店舗はミシュランにも選ばれています。従業員は200名！　日本だけでなく香港、ベトナムでもプロデュースをして世界で活躍しています。

お客様の心理7段階、全ての席に座らせる、経営理念の中で店を作る、アルバイトに理念を教えるなどたくさんのヒントをいただいたのがKUURAKU GROUPの代表福原裕一さん。当時から飲食店グループとしては大規模で国内外に20店舗を手がけていました。現在は、国内外に飲食店27店舗、学習塾2校を内包するグループ企業へと成長されています。

スタッフの卒業式やデイリーフィードバックなどの従業員のモチベーションアップをはかるマネジメント手法を教えていただいた中村成博さんは、『トレジャー』がきっかけとなって2015年に株式会社Gentleを設立。上記の方法は離職防止や生産性の向上に高い成果があがっており、現在までに研修、講演には全国から7000社が参加したというから驚きです。

この4名のビジネスリーダーの素晴らしい成功例から、私たちは2つのことを学ぶことができます。

1つ目は、どういう人が成功するのかを見極めるポイントです。将来成功するかどうかは、その人がどのような価値観で行動しているかを見ればわかるということを教えてくれています。

2つ目は、ビジネスの成功は、顧客を満足させる価値を提供すること、そして顧客を満足させるスタッフを大切にすることが鍵だということです。コロナ禍のような不測の事態が起きても乗り越え繁栄することができます。

自分の利益を追求している経営者にとっては社員に読ませたくない本でしょう。ということは、この本をおすすめの図書に指定していたり従業員に配ったりしている会社はとても素晴らしい会社、素晴らしい経営者だと言えます。

最後に、私犬飼ターボの当時と現在も書いておきます。執筆当時6か月間の人間心理学の講座「センターピース」の受講生は年間30名ほどでした。現在は年間150名にまで増え、東京、大阪、八ヶ岳さらにオンラインでも開催しています。また公認講師によって各地で開催されるようになっています。講座を収録してオンラインで学習できるホームスタディコースは460名が受講しています。

文庫化にあたって、感謝の気持ちを込めて読者プレゼントを用意しました。

他では手に入らない「ビジネスの追求段階　完全版ＰＤＦ」です。本書では５段階まで紹介していますが、実は８段階まであります。より成功している経営者は何を追求しているのかに興味があれば左ページのＱＲコードを読み取ってください。

犬飼ターボ

犬飼ターボ（いぬかい・たーぼ）

成功小説家・人間心理学講師
24歳で起業するも全く上手くいかずに、パートでしのぐ毎日を送る。自己流で頑張ることに限界を感じ、本やセミナーで能力を高め、苦手なセールスに挑戦して27歳のときに2000人の会社で年間売上高日本一を達成。さらに、設立した会社を3年で年商5億にし、自分が成功した方法を起業セミナーなどで伝えて経営者を輩出する。ところが、幸せに満たされた感覚はなかった。世間から見れば成功者でも、「まだ足りない」「もっと価値を提供しなければ」「さらに人格者にならなければ」と自分を追いつめパニック障害寸前になる。30歳のとき、潜在意識の思い込みを書き換えるセラピーを受け、3年間に400個以上の苦しみの原因を取り除いていく。その過程で自分が不安や寂しさや怒りを使った【崖ルート】で人生の成功を手に入れていたことに気づく。【階段ルート】を伝えることが使命だと確信し、半年間に渡って人間心理学を学ぶ講座「センターピース」を作る。東京、大阪、八ヶ岳で開催し、毎年100名が受講。「簡単＆楽しい」を追求した結果、卒業生の多くが、「いつの間にか楽に仕事ができるようになった」「お客さんがファンになってくれるようになった」「家族との関係がよくなった」と人生の成功を手に入れている姿から、どんな成長過程にいる人も、人間心理に沿って学べば幸せに成功できると確信している。主人公が幸せに成功する姿を描いた小説は累計10万部を突破。海外でも翻訳されている。
著書に『CHANCE』『天使は歩いてやってくる』『DREAM』『仕事は輝く』（飛鳥新社）、『星の商人』（サンマーク出版）などがある。

出版記念プレゼントコード

ビジネスの追求段階　完全版PDF

本書は二〇一〇年七月に小社より刊行された
単行本を文庫化したものです。

トレジャー 成功者からの贈り物《文庫版》

2022年7月10日　第1刷発行

著　者　　犬飼ターボ

発行者　　大山邦興
発行所　　株式会社　飛鳥新社
〒101-0003 東京都千代田区一ツ橋2-4-3
光文恒産ビル
電話（営業）03-3263-7770（編集）03-3263-7773
http://www.asukashinsha.co.jp

装　幀　　井上新八
印刷・製本　　中央精版印刷株式会社

ISBN978-4-86410-900-0